위험한 소년

저자와
협의하여
인지 생략

〈나답게 청소년 소설〉
위험한 소년

지은이 | 선안나
펴낸이 | 一庚 장소님
펴낸곳 | 답게

초판 인쇄 | 2019년 7월 15일
초판 발행 | 2019년 7월 20일

등 록 | 1990년 2월 2일, 제 21-140호
주 소 | 04994 서울시 광진구 면목로 29(2층)
전 화 | (편집) 02)469-0464, 02)462-0464
        (영업) 02)463-0464, 02)498-0464
팩 스 | 02)498-0463

홈페이지 | www.dapgae.co.kr
e-mail | dapgae@gmail.com, dapgae@korea.com

ISBN 978-89-7574-313-9
ⓒ 2019, 선안나
나답게 · 우리답게 · 책답게

선안나 청소년소설

위험한 소년

도서출판 답게

연약하고 부서지기 쉬운 영혼들

독자들과 만날 때면 거의 빼놓지 않고 나오는 질문 중의 하나가 이 작품을 쓰는데 시간이 얼마나 걸렸나 하는 것이다. 모든 작품은 일생 전체를 통해 나오긴 하지만, 대체로 아이디어부터 구상과 자료수집 및 집필 기간에 걸리는 시간을 어림잡아 답변을 한다. 몇 개월부터 몇 년, 이런 식으로.

그런데 이 책 『위험한 소년』은 기간을 정해서 말하기가 참 어렵다. 일생 동안 만난 조현병 환자들에 대한 기억과 느낌과 문제의식들이 무의식에 계속 쌓여왔고, 관련 인물들의 모습이 가공된 캐릭터 속에 조금씩 녹아 있기 때문이다.

조현병 환자에 대한 첫 기억은 공포와 두려움이다. 머리를 산발한 채 생리를 하며 산과 들을 떠돌던 여성의 모습은 어린 맘에도 아뜩하고 섬뜩했다. 몇 해 뒤였던가. 만삭이 된 채 길거리를 떠도는 다른 여성 조현병 환자를 보고, 내가 느꼈던 공포와 두려움의 정체를 확인했다.

성장기에 읽은 책 속 조현병 환자들도 하나같이 혐오스러운 이미지로 파편적 풍경으로만 존재했다. 언론 보도는 말할 것도 없었다. 그래서 마음의 금줄을 그어놓고 그 너머를 들여다 볼 생각조차 못했다.

그런데 어른이 된 뒤 가까이서 만난 몇몇 조현병 환자는 일반인들보다 선량하고 마음이 여렸다. 특히 고등학교를 졸업하자마자 임시직원으로 일했던 어린 여직원의 얼굴은 지금도 생생하다. 왜 그렇게 어린 나이에 조현병에 걸린 것인지, 마음이 아팠고 살면서 종종 생각이 났다.

동화를 쓰면서 아동문학 강의를 하다 보니 그녀의 경우가 특별한 게 아니었다. 대학생은 물론이고 심각한 정신적인 문제를 겪고 있는 십대가 의외로 많았다. 특히 SNS에서 명랑하게 댓글을 달았던 아이가 며칠 후 자살한 뒤에는 오래 부채감이 들었다. 왜 전혀 눈치를 못 챘을까. 내가 이렇게 혹은 저렇게 했더라면 그 애가 살았을까…….

조현병 발병 원인은 아직 명확하게 밝혀지지 않았다. 예전에는 성인기에 생기는 병인 줄 알았으나 어린이청소년기에 이미 진행되고 있는 경우가 많고 요즘은 십대에 확진 받는 환자도 늘고 있다. 유리처럼 연약하고 부서지기 쉬운 영혼이, 가족과 사회로부터 제때 받아야 할 관심과 치료를 받지 못하고 문제아 취급을 받으며 시간을 보내다 만성이 되고 중증이 되는 거였다. 누군가는 그 과정에서 삶의 끈을 놓아버리기도 하고, 더러 괴물처럼 되어 언론에 떠들썩하게 등장하기도 하며.

청소년 조현병을 다룬 책을 써야겠다는 생각을 한 지는 꽤 되었지만 좀처럼 집필 엄두를 못 냈다. 우리나라의 경우 청소년 정신보건을 위한 사회적 예방이나 치료 시스템이 전혀 없어서 이야기의 방향성이 너무 막막했다. 상담교사가 있는 학교들이 있지만 많은 경우 유명무실했고, 관련 기관들에 문의해도 이렇다 할 대응책을 들을 수가 없었다. 병이 악화되기 전에 일찍 예방하고 진단하고 치료할 수 있는 과정이 생략된 채, 문제가 터지면 어른들과 마찬가지 과정으로 정신병원에 보내지고 사회로부터 격리되고 있는 현실이다.

문학이 현실의 복사는 아니지만 그 사회를 반영하는 것도 사실이다. 조현병에 대한 편견과 혐오가 여전한 우리 사회에서, 재하는 앞으로 무엇을 하며 어떻게 살아가야 할까? 답은 여전히 모르지만 일단 이야기를 꺼내 놓는 게 작가의 몫이 아닐까 싶어 이 책을 썼다.

원고를 읽고 기탄없는 의견을 준 '정신장애와 인권' 파도손 당사자들, 집필 과정에서 자문에 응해준 정신건강보건센터 선생님들, 원고 마무리 단계에 힘을 보태준 윤소희 작가에게 고마운 마음을 전한다. 오래 걸린 원고를 독촉 없이 믿고 기다려준 '도서출판 답게' 사장님께도 감사할 따름이다.

선 안 나

| 차례 |

01

경찰은 반갑지 않다

누군가 아래층에서 벨을 눌렀다. 인터폰 화면에 비치는 경찰제복을 보고 나는 가슴부터 철렁했다.

"무슨 일이세요?"

"아직 빈 집인 줄 알았는데. 언제 이사 왔니?"

귀밑머리가 희끗한 경찰이 물었다.

"어제요."

"집에 어른은 안 계셔?"

"어디 가셨는데요. 왜 그러세요?"

내 목소리는 내가 듣기에도 딱딱했다. 긴장 때문이었다.

작년에는 경찰과 악연이 거듭되었다. 여름엔 아빠가 사기로 고소를 당해 경찰서에 들락거리려야 했고. 연말에는 형이 폭행과 기물파손으로 경찰에 잡혀갔다. 조현병 환자라서 처벌을 받진 않았지만 형은 그날 정신병원에 보내졌다.

그뿐이 아니다. 형이 방송 촬영 현장을 쑥대밭으로 만들고 경찰에 잡혀가는 동영상이 이웃에 퍼지고 말았다. 누군가 촬영한 휴대폰 동영상이 형 친구들 대화방에 올라왔던 거였다.

경찰이 무슨 잘못을 저지른 건 아니다. 다만 그런 일들이 겹치다 보니 경찰복만 보면 지레 가슴이 쿵쾅댔다. 나는 겨우 얼굴만 보일 정도로 빼꼼히 문을 열었다.

"어젯밤에 근처에서 차량 도난 사고가 있었단다. 범인이 훔친 차로 가드레일을 들이받고 달아났어. 하마터면 대형 사고가 날 뻔했지."

젊은 경찰이 말했다. 그러니까 이번엔 우리 가족 때문에 온 건 아니란 얘기였다. 나는 비로소 마음이 놓였다.

"그런데 왜 저희 집에……?"

"이 집이 비어 있었을 때 가출 청소년들이 들락거렸거든. 혹시나 싶어서 와 본 거야."

젊은 경찰은 휴대폰을 꺼내더니 지적도를 터치해서 보여주었다.

"차를 도난당한 곳이 은혜로운 교회 앞이고, 차가 발견된 곳은 저기 아래쪽 다릿목이야. 너희 집은 바로 여기."

은혜로운 교회와 다릿목 사이를 가로지르는 화안천, 그 중간 지점에 우리 집이 있었다.

"범인이 여기서 차를 버리고 화안천을 따라 달아났을 가능성이 높

아. 밤에는 인적이 없고 갈대밭이 우거져서 눈에 띄지 않게 숨을 수 있으니까. 그래서 말인데, 어젯밤 아홉 시에서 열 시 정도에 수상한 사람 못 봤어?"

"아뇨. 별로……."

어제 이삿짐센터 사람들이 떠난 뒤, 엄마와 나는 오후 세 시 반쯤 인근 도시 호연 시내로 나갔다. 지정된 곳에 주문해 두었던 화안중학교 교복을 찾은 후 저녁을 먹고 집에 들어온 시간이 일곱 시 반쯤이었나? 나는 텔레비전을 보다가 내 방으로 가서 잤다. 엄마는 청소며 정리를 하느라 새벽까지 움직였고.

"엄마 오시면 간밤에 수상한 사람 봤는지 물어볼게요."

"특이한 점이 있었으면 전화 좀 해주시라고 해."

젊은 경찰이 주는 명함을 받아 나는 주머니에 넣었다.

"이제 화안한 집에 들러봐야겠죠?"

"그래야지. 피해자가 조사해 달라고 하니까."

두 경찰은 얘기를 주고받으며 경찰차에 올랐다. 나는 둑길을 따라 개울 아래편으로 달려가는 경찰차를 한참 바라보았다. 이사 후 첫 방문객이 경찰이라니 기분이 좋지는 않았다.

작년 이맘때만 해도 이사 계획은 없었다. 몇 년간 그랬듯 모든 일이 잘 풀리고 있었다.

재하 형은 전국의 수재들이 모인다는 명문 대한고등학교에 입학

했다. 의료기기 부품 개발로 짧은 시간에 큰돈을 벌었던 아빠는, 인건비를 줄이기 위해 동업자와 함께 베트남에 공장을 세우고 있었고.

학교 기숙사에 들어간 형은 집에 잘 오지 않았다. 중간고사에 이어 기말고사 준비를 하느라 집에 오가는 시간도 아깝다고 했다. 워낙 공부 욕심이 많은 형이었기에 나는 그런가보다 했다.

"내가 재하한테 다녀오면 되지."

갈아입을 옷이며 영양제, 간식 등을 챙겨 엄마가 가끔 기숙사에 다녀왔다. 형이 말을 잘 안 한다며 성격이 변한 것 같다고 엄마는 걱정하면서도, 새로운 환경에 적응하느라 힘들어서 그런가보다고 했다.

형의 첫 시험성적은 엉망진창이었지만, 우리는 형이 곧 만회할 거라고 믿었다. 후인동에 살다가 아빠의 사업이 성공하자마자 목동으로 이사했는데, 그때도 형의 중학교 첫 시험 성적은 엉망이었다. 그러나 형이 지독하게 공부하면서 성적은 수직상승했고, 삼학년 때는 전교 일이 등을 다투었기 때문이다.

그런데 어느 날 형의 학교에서 전화가 왔다. 형이 기숙사 옷장에서 나오지 않는다고 했다. 놀란 엄마는 그 길로 달려가서 형을 병원에 데려갔다. 의사가 양극성 장애(조울증)와 조현병 증세가 있다고 진단했다. 조울증과 조현병은 전혀 다른 병인데, 두 증세를 다 보이는 환자들이 가끔 있다고 했다.

"공부 스트레스 때문에 일시적인 우울증 같은 게 온 거겠지. 열일곱밖에 안 된 애가 무슨 조현병이야. 그거 어른들이 걸리는 병이잖아?"

엄마는 펄쩍 뛰었다.

"연예인들도 갑자기 우울증이나 공황장애가 생겼다고 하잖아. 전국에서 내로라는 수재들이 모였으니 재하도 갑자기 얼마나 힘들겠어. 중학교 때랑은 비교도 안 되겠지."

베트남에 있는 아빠와 통화하며 엄마는 목청을 높였다. 경험 없는 젊은 의사가 진단을 함부로 한다고 말이다.

"다른 병원에 가봐. 대학병원 같은데."

"괜히 정신과 들락거려서 기록이 남으면 좋을 거 없잖아. 좀 쉬면 괜찮을 거야."

아빠는 그 와중에도 형이 기말고사 못 본 것을 아쉬워했다.

"애가 아픈데 당신은 지금 시험이 문제야? 재수도 하고 삼수도 하는데 좀 늦어지면 어때. 몸이 나아야 입시 전쟁도 할 수가 있지."

엄마는 짜증을 내며 전화를 끊었다.

나는 듣고도 믿을 수 없었다.

뉴스에 떠들썩하게 보도된 조현병 환자들의 범죄소식이 먼저 생각났다. 재하 형이 그런 사람들과 같은 병이라고?

'아닐 거야. 뭔가 착오가 있겠지.'

조현병 환자들은 한눈에 봐도 이상했다. 전철에서 조현병 환자를 만난 적이 있는데, 누가 옆에 있기라도 한 것처럼 계속 혼잣말을 하며 욕을 했다. 그래서 주위에 있던 사람들이 다 멀찍이 피했다.

학교 앞 사거리에도 날마다 벤치에 나타나는 정신이 이상한 아저씨

가 있다. 부잣집 아들이라는 소문답게 차림새는 말쑥했지만, 초점 없
는 눈빛과 혼자 피식대며 웃는 모습이 누가 봐도 환자 같았다.

그러나 집으로 돌아온 재하 형은 겉보기에 별로 달라진 게 없었다.
그동안 못 잔 잠을 몰아서 자려는 것처럼, 기절잠을 계속 잔다는 것
빼고는.

"당분간 푹 쉬게 그냥 놔둬."

처음 얼마 동안은 밥 때가 되어도 엄마는 깨우지 않았다. 나도 조심
하며 발끝을 들고 조용히 다녔다.

그러나 형은 사흘이 가고 일주일이 지나도 움직일 기미가 없었다.
마지못해 겨우 화장실만 다녀올 뿐, 세수나 양치질조차 하지 않았다.

그러다보니 밥이며 보약을 먹이려는 엄마와 하루에도 몇 차례 씨
름이 벌어졌다.

"인하야, 네가 좀 먹여 봐라. 내가 말하면 짜증만 내는구나."

엄마가 나를 붙들고 하소연하는 일도 잦아졌다.

"형, 뭐 먹고 싶은 거 없어?"

"응."

"햄버거 사다 줄까? 아니면 아이스크림?"

"괜찮아."

"요구르트라도 좀 마셔, 형. 진짜 걱정 된단 말이야."

내가 애원하면 형은 마지못해 몸을 일으켜 먹는 시늉이라도 했다.
그러다 보니 엄마는 자꾸 나에게 이것저것 시켰다. 형 속옷 좀 갈아

입게 해라, 머리 좀 감으라고 해라, 밤에 산책이라도 다녀오자고 해 봐라…….

"나 좀 그냥 놔둘래?"

형은 차츰 나에게도 등을 보이거나 이불을 둘러쓰고 꿈쩍도 하지 않을 때가 많아졌다. 안달하는 엄마와 힘들어 보이는 형 사이에서 나도 괴로웠다.

아빠가 귀국하자 집안 분위기는 더욱 나빠졌다.

"솔직히 말해 봐. 너 학교에서 무슨 일이 있었지?"

"……."

"무슨 고민이 있는 거냐? 어떤 놈이 괴롭혔어? 말을 해야 아빠가 해결을 해주지!"

"……."

"꼴이 이게 뭐냐? 귀찮아도 일어나서 움직여야지. 그래야 입맛도 생길 거 아니야."

아빠는 형을 억지로 끌어내어 씻게 만들고, 집안에 있는 운동기구 라도 사용하라고 윽박질렀다. 그러자 형은 방문을 잠가버렸다.

"어서 문 열어. 당장 못 열겠어?"

열쇠로 몇 번 방문을 열던 아빠는, 나중에는 화를 내며 방 문짝을 아예 떼버렸다. 그러자 형은 책상 밑에 들어가서 벌벌 떨었다.

누군가 자신을 감시한다고 주장하기 시작한 것은 그 무렵부터였다.

"인하야, 그 사람들 아직 밖에 있어?"

"누구 말이야 형?"

"안경 낀 남자랑 군복 입은 남자 말이야. 어제부터 계속 감시하고 있잖아. 그 사람들이 도청하고 있으니까 전자파를 끊어야 돼."

형은 텔레비전이며 컴퓨터, 전화기 등 전자제품의 선을 자르고 고장 냈다. 형이 입학선물로 받은 비싼 휴대폰과 노트북도 부숴서 욕조 물에 담갔다. 심지어 엄마의 휴대폰마저 변기에 빠뜨렸기 때문에, 내 휴대폰까지 형이 망가뜨리지 못하도록 신경 써서 감추어야 했다.

"아무래도 조용한 데서 잠깐 요양을 하는 게 좋겠어."

엄마가 말했다.

"병원에 보내는 게 낫지 않아?"

"정신병 있는 사람이 여럿 완치됐다는 암자가 있어. 천녀보살도 인정하더라."

천녀보살이라는 소리에 아빠는 잠자코 있었다.

연초에 엄마가 무속인한테 다녀와서 말했다. 식구들 사주를 보니 들삼재 날삼재가 다 들어서, 우환을 막으려면 액막이굿을 해야 한다고.

쓸데없는 데 다니며 돈을 쓴다고 아빠는 엄마를 비난했다. 엄마도 설마하며 넘어갔는데, 형이 집에 온지 한 달이 못 되어 아빠 회사까지 파산했다. 베트남 현지 공장을 짓느라 땅을 사고 건축을 했는데 알고 보니 사기를 당한 거였다. 동업자가 꾸민 일이었다.

"그때 천녀보살이 시키는 대로 했어야 되는데……."

엄마는 뒤늦게 집안에 부적을 붙인다, 굿을 한다 난리를 피웠다. 이번에는 아빠도 별 말을 하지 못했다.

아무튼 형은 서울 외곽의 암자로 보내졌다.

"나쁜 소문은 날아가고 좋은 소문은 기어간다는 말이 있어. 정신병 꼬리표 한번 붙으면 절대 안 없어지니까, 형 얘기 아무에게도 하면 안 돼."

형이 아프다는 것은 물론이고, 휴학계를 낸 사실도 비밀로 하라고 엄마는 내게 당부했다.

아빠는 경찰서로 법원으로 은행으로 정신없이 뛰어다녔고, 엄마는 형의 병을 고칠 수 있다는 사람들을 찾아다녔다. 큰돈을 들여 굿당에서 굿도 여러 번 했다.

나는 많은 시간 혼자 지내야 했지만 그 편이 나았다. 엄마 아빠가 마주치면 싸워댔으니까. 서로를 탓하고 원망하는 부모 틈에서 나는 자주 지옥을 느꼈다.

암자에 지내는 동안 형은 상태가 좋아졌다 나빠지길 반복했다. 지난 늦가을에 엄마를 따라 암자에 가보았을 땐 형의 정신이 맑았다. 내가 알던 형의 눈빛을 되찾았고, 새 학기에 복학하고 싶다는 포부도 밝혔다.

그런데 추워지면서 형의 상태가 갑자기 나빠졌다.

"어쨌든 연말연시는 집에서 같이 보내야지."

엄마는 형을 데리고 오겠다며 오전에 집을 떠났는데, 해가 지도록 돌아오지 않았다.

형과 집으로 오던 길에 종로의 한 고깃집에 점심을 먹으러 들렀는데 거기서 일이 터졌던 거다. 급성기 상태였던 형은 맛집 촬영 중이던 방송 카메라를 보고, 전파로 자신의 생각을 조종한다는 망상에 사로잡혔다. 환청이 시키는 대로 카메라를 부수고 말리는 PD도 밀쳐서 부상을 입혔다. 형은 위험한 사람들의 공격에서 살아남기 위해 방어를 한 것이지만, 일반인들이 보았을 때는 조현병 환자의 난동이었을 뿐이었다.

출동한 경찰에 형은 곧 체포되었다. 방치하면 위험하니 정신병원에 입원시키라는 경찰의 권유에 아빠는 동의했다. 보호자가 입원시키지 않으면 경찰 권한으로 행정입원 시키겠다고 했기 때문에, 엄마도 어쩔 수 없이 동의서에 서명했다.

형은 경기도의 한 정신병원에 보내졌다. 병원에서는 최소 두 달 이상 입원치료를 권했다.

"이왕 입원한 거, 치료시켜서 데리고 나와야지."

아빠는 찬성했지만 면회를 다녀온 엄마는 반대했다.

"병원 들어가더니 애가 폐인이 돼버렸어. 계속 놔두면 애 다 망가질 거 같아."

정신병원에 들어가면 일단 보호실에 격리되는데, 형이 저항을 심하게 했던 모양이었다. 속칭 코끼리 주사라고 불리는 강력한 진정제를 맞고 뻗어버렸는데, 약이 얼마나 독한지 일주일이 되어도 형이 잘 움직이지 못한다고 했다.

"초기에 진작 입원시켰으면 경찰에 잡혀가는 일은 안 생겼겠지. 병원에 안 데리고 가는 바람에 결국 병만 키운 거야."

아빠는 엄마를 탓했다.

"나한테만 떠맡기고 있다가 이제 와서 내 탓을 하는 거야? 크게 되려면 일찍부터 서류관리를 잘 해야 된다고 말한 사람은 누군데?"

"사업 때문에 신경 쓸 틈이 없었잖아. 당신이 알아서 한다니 그런 줄 알았지."

"그놈의 사업 타령. 이십 년 내내 들었더니 귀에 딱지가 앉았어. 더 듣고 싶지 않으니까 퇴원 신청서에 서명이나 해. 재하 데리고 나오게."

"안 돼. 병원에서 퇴원하라고 할 때 데리고 나와."

엄마 아빠의 실랑이는 그리 오래 가지 않았다. 어느 날 아파트 부녀회장과 동대표가 우리 집에 찾아왔던 거다.

부녀회장의 핸드폰 동영상 속에서, 형은 누군가 자신의 뇌를 해킹을 한다고 소리치고 있었다. 초음파, 스칼라파, 고주파, 마인드 콘트롤 등 생경한 단어들이 분절된 비명처럼 들렸다.

동 대표는 재하 형 때문에 열린 긴급 반상회 결과를 전했다. 위험한 조현병 환자와 같은 아파트에서 아이들을 키울 수 없으니, 가능한 빨리 이사를 가라는 거였다.

"언제는 간이라도 빼줄 것처럼 굴더니 못된 것들……."

그들이 돌아간 뒤 엄마는 오래 울었다.

어차피 아빠 회사 빚을 갚기 위해 아파트는 팔아야 했다.

엄마는 형 면회를 갔다가 인근 화안읍에 있는 집을 계약하고 왔다.

"동네서 떨어진 화안천 개울가에 있는 집이야. 조용하고 경치가 좋더라. 상수원 보호구역이라 주변이 개발될 염려도 없고. 집 앞에 산책로가 있어서 재하가 운동하기에도 그만이야."

참 좋은 환경의 집을 구했다며 엄마는 좋아했다.

전학 갈 학교가 궁금해서 나는 인터넷으로 화안중학교를 검색해보았다. 그런데 화안읍 관련 소식은 화안천 홍수 뉴스가 가장 많았다. 불어난 물로 강이 되어버린 자료화면과 함께, 화안천 하류에서 실종된 노인의 시신을 발견했다는 기사도 있었다.

"여기 상습 침수 지역이래요."

놀란 내가 기사를 보여주자 엄마는 덤덤히 말했다.

"알아. 그래서 이층집을 싸게 살 수 있었던 거야."

"또 홍수가 나면 어쩌려고요?"

"하천 정비 공사를 대대적으로 하고 있어서 괜찮을 거래. 아래쪽에 빗물저장소도 짓고 있고. 그래도 위험하다 싶으면 무조건 빨리 피하면 돼. 사람만 무사하면 되잖아."

"그건 그래요."

나도 공감했다.

열다섯 살 인생이지만 찢어지게 가난하게도 살아보았고 남부럽지 않게 부유하게도 살아보았다. 아빠는 내내 부품 개발을 했지만 벌이가 신통찮아서, 엄마가 하는 우동집 수입으로 우리 식구는 근근이 입에 풀칠을 했다. 그런데 4년 전 의료기기 부품 수출에 성공하면서 아빠는 갑자기 큰돈을 벌었다. 덕분에 좋은 아파트로 이사해서 남부럽지 않게 살았지만, 나는 가난했던 후인동 시절이 훨씬 그립다. 건강했던 형이 부모님 대신 나를 돌봐주었던 그 때가.

'어딜 가도 여기 보단 낫겠지. 우리 가족을 아는 사람이 없는 곳이면 돼.'

이곳을 떠날 수만 있다면, 사실 어디로 가든 나는 상관없었다.

아빠는 사업을 어떻게든 살려보려고 베트남에서 지낸다고 하여 더욱 다행이었다. 부모의 싸움지옥에서 마침내 벗어나게 되었으니까.

가구며 커튼이며 형의 방을 천연 소재로 꾸며놓은 뒤, 엄마는 형이 입원한 병원으로 떠났다. 이사하면 바로 퇴원시켜 집에 데리고 오기로 아빠와도 약속이 되어 있었다.

혼자 집을 지키던 나는 주변 탐색에 나섰다.

'건너편에 작은 체육공원이 있다고 했는데.'

개울을 가로질러 큼직하게 놓인 징검다리를 건너던 나는 멈칫했다. 빨간 자전거를 타고 달려오던 여자애를 덩치 큰 남자애가 가로막는 게 보였기 때문이다. 두툼한 회색 점퍼 때문인지 남자애의 몸집은 여자애의 세 배는 되어보였다.

여자애가 왼쪽으로 핸들을 꺾자 회색 점퍼가 왼쪽으로 막아섰고, 오른쪽으로 방향을 틀자 또 그 앞을 가로막았다. 어찌 보면 괴롭히는 것 같고 어찌 보면 장난을 치는 것 같기도 했다.

그런데 여자애가 자전거를 멈추더니, 바구니에서 꽹과리를 꺼내 회색 점퍼의 귓전에 대고 요란하게 두드렸다. 개개개개갱……. 회색 점퍼가 손으로 귀를 막으며 뒷걸음질을 했다. 그러다 발이 꼬였는지 풀숲으로 보기 좋게 나동그라졌다.

그 사이에 여자아이는 쌩 달려가더니, 저만치에서 자전거를 세운 채 다시 꽹과리를 요란하게 쳤다. 갱갱 개개갱 개개개갱갱. 용용 죽겠지, 나 잡아 봐라, 내 귀에는 꼭 그렇게 들렸다.

"푸흐흐……."

나는 터져 나오는 웃음을 간신히 참았다.

'웬 꽹과리를 다. 재밌는 애들이네.'

멀어져가는 빨간 자전거를 바라보며 나는 징검다리를 건넜다.

하류 쪽으로 걸어가는데 경사진 둑길에서 어떤 남자애가 전동킥보드를 타고 내려왔다. 검정 비니를 쓰고 검정 점퍼를 입은 남자애의 몸짓은 유연하고 날렵했다.

"홍이든, 같이 가!"

아까 그 회색 점퍼가 뒤따라오며 소리쳤다. 그 애도 전동킥보드를 타고 있긴 했는데 익숙지 않은 듯 동작이 굼떴다.

내가 쳐다보자 검은 비니가 다가왔다. 검은 모자와 옷 때문인지 피부가 유난히 희게 보였다. 인상이 시골아이 같지 않았다.

"너 저기 이층집 이사 왔지?"

그 애가 물었다.

"어떻게 알았어?"

"어제 이사 오는 거 봤어. 어제도 여기서 라이딩 했거든."

"아."

나는 그 애가 타고 있는 전동킥보드를 바라보았다.

"한번 타볼래?"

"어? 아니야."

"괜찮아. 타 봐."

"전동은 안 타봤어."

"쉬워. 킥 앤 고 방식이라 멈춰 있을 땐 스로틀을 당겨도 안 움직여. 한 발로 땅을 차주면서 좀 움직여야 레버가 당겨져. 이렇게. 속도는 3단까지 조절할 수 있는데, 처음에는 그냥 1단으로 타는 게 좋아."

그 애는 시범을 보여주곤 전동킥보드를 나에게 내밀었다. 나는 잠시 주저하다 호의를 받아들였다.

양손으로 그립을 잡고 전동킥보드에 한 발을 올렸다. 그 애가 가르쳐준 대로 뒷발로 땅을 차며 오른 손으로 스로틀을 당기자 스르르 나아갔다. 저절로 움직이고 핸들로 조절한다는 차이가 있을 뿐이지 일반 킥보드와 크게 다를 건 없었다. 나는 금세 균형을 잡았다.

"굿! 완전 잘하는데?"

그 애가 휘파람을 불었다.

앞뒤 바퀴가 통타이어라서 승차감도 좋았고, 좌우 회전도 부드럽게 되었다. 기본 속도에 적응되자 나는 모드를 조절하여 속도를 올려보았다. 짜릿한 스릴감에 세포들이 깨어나는 기분이었다.

"얘는 누구야?"

가까이 다가온 회색 점퍼가 물었다.

"어제 건넛집에 이사 온 애."

"글쿠나. 난 마동구야. 머거맨이라고도 하지."

회색 점퍼는 발을 쿵쿵 구르며 혀를 쑥 내밀어보였다. 거무스레한 피부, 짙은 눈썹, 굵은 쌍꺼풀이 진 큰 눈. 먼 나라 원주민을 떠올리게 하는 생김새였다.

"넌 이름이 뭐야?"

"송인하."

"난 이든이야. 홍이든."

검정 비니가 말했다.

"근데 너 몇 살이야? 어디서 이사 왔어? 우리 학교 전학 온 거야?"

마동구가 이것저것 물어댔다. 가까이서 보니 눈이 퍽 순해보였다. 싱글싱글 웃는 얼굴에도 악의는 없어보였다. 아까 빨간 자전거 탄 여자애를 괴롭힌다고 생각했던 건 오해인지도 몰랐다.

"잘 탔어. 이제 집에 가봐야 될 거 같아."

나는 전동킥보드를 이든에게 돌려주었다.

"야, 더 놀다 가."

동구가 잡았지만 나는 가볍게 미소만 지어보였다.

형의 조현병이 동네에 알려진 후 나도 큰 상처를 입었다. 형에 대해 아무렇게나 떠들어대던 아이들 때문이었다. 아는 사람 없는 곳으로 이사를 왔는데, 이곳에서 친구를 사귀고 싶은 생각은 없었다.

02

저 아이는 누구인가?

수크령 화안한 집에서 화안천 자전거 도로로 가는 길은 완만한 내리막이다.

그래서 자전거를 타고 올라올 때는 좀 힘들지만, 돌아가는 길은 언제나 신바람이 난다. 한바탕 풍물 연습을 하고 난 다음이라 더 그렇다.

"내가 먼저 가야지. 이야호!"

중학교 1학년인 강산이 먼저 출발하고, 뒤질세라 나도 내달렸다.

"은수수, 조심해! 천천히 가!"

3학년인 덕산 오빠가 뒤따라오며 걱정을 했다.

화안천 자전거 도로로 접어들어 얼마쯤 달렸을 때였다.

"어? 저기 동구 형이다."

강산이 자전거를 세우며 말했다.

"동구 형 전동킥보드 샀나 봐. 재밌겠다!"

"그러네?"

우리 셋은 멈춰 서서 개울 건너편을 바라보았다.

동구의 커다란 덩치는 멀리서도 금방 알아볼 수 있다. 그런데 같이 있는 남자애는 누군지 알 수 없었다. 전동킥보드를 타는 동작이 멀리서 봐도 능숙하고 유연했다.

"멋있다! 나도 엄마한테 전동킥보드 사달라고 해야지."

강산의 말에 덕산 오빠가 대답했다.

"넌 어려서 못 타. 저거 원동기 면허 있어야 탈 수 있어."

"그럼 면허 따지 뭐."

"만 열여섯 살 되어야 면허시험 볼 수 있는데? 나도 생일 되기를 기다리고 있어. 면허 따려고."

"형도 전동킥보드 타게?"

"아니. 스쿠터 타려고. 같은 원동기 면허거든."

"형 스쿠터 살 거야?"

"아빠한테 사 달라고 해야지. 자전거 타고 농장 심부름 하려면 힘들어."

덕산 오빠의 부모님은 고기식당 '무진장'을 운영한다. 그런데 식당에서 쓰는 모든 채소를 화안한 집 농장에서 납품받는다. 용규 아저씨(덕산 오빠의 아버지)가 날마다 오전에 들러 그날 쓸 채소를 가져가는데, 필요한 채소가 더 생기면 배달은 덕산 오빠 몫이다. 학교에 있을 때는 빼고.

무진장 식당에서 화안한 집까지는 자전거로 왕복 오십 분 정도 걸린다.

하루에 한 번 정도야 괜찮지만, 두세 번 다녀올 일이라도 생기면 힘이 드는 게 사실이다.

"근데 동구가 전동킥보드를 샀나? 저거 비싼데."

덕산 오빠가 고개를 갸웃거렸다.

"얼마 하는데?"

"몇 십만 원은 줘야 탈만 할 걸. 좋은 건 몇 백만 원 하구."

"그렇게 비싸?"

나는 깜짝 놀랐다. 할머니가 젓가락 공장에서 번 돈과 기초 수급 연금으로 아빠랑 셋이 근근이 살아가는 동구네 형편이다.

'할머니가 사주셨을 리는 없는데.'

나는 동구와 함께 있는 남자애를 유심히 보았다. 그러자 며칠 전 일이 떠올랐다. 삼거리를 지나다 바로 옆을 지나는 고급차를 흘깃 쳐다보았는데, 운전석 옆자리에 앉은 남자애가 낯익었다.

'홍진태?'

삼 년이란 세월이 흘러서 확신할 수는 없었지만 어쩐지 그 애 같았다.

하지만 진태는 영국에서 유학을 하고 있다. 아마도 착각을 한 것이려니, 나는 가볍게 넘겼다.

그런데 전동킥보드가 그렇게 비싸다니 진태가 다시 떠올랐다. 화안읍의 큰 부자 홍구복 씨의 외아들 진태라면 전동킥보드 쯤 몇 대라도 갖고 있을 수 있다. 초등학교 때도 그 애는 새롭고 비싼 물건들을 이용해서 아이들을 거느렸다.

"오빠, 동구 옆에 있는 애 말이야, 진태 같지 않아?"

"진태가 누군데?"

"초등학교 때 옥상에서 종민이가 뛰어 내렸을 때……. 아참, 오빠 그 때 없었구나."

그 사건이 난 건 5학년 봄이었고 진태는 얼마 뒤 학교를 그만뒀다. 서울에서 유학원을 다니다 영국으로 유학을 떠났다.

덕산 강산 형제가 화안읍으로 이사를 온 건 그해 여름이었으니까, 진태를 알 리 없었다.

"우울증 걸린 애가 옥상에서 뛰어내렸던 거? 전학 오니까 애들이 얘기 많이 하더라. 걔 왕따 시킨 주동자가 동구였다며?"

"아니야, 오빠."

나는 고개를 저었다.

"학폭위(학교폭력위원회)에서 밝힌 거 아니야?"

"맞긴 한데, 보이는 게 다가 아니야."

"그게 무슨 말이야?"

"아니야. 다 지나간 일이지 뭐……. 어서 가자."

나는 서둘러 자전거 페달을 다시 밟았다. 진태가 한국에 왔건 말건 나와 상관없는 일이니까. 그럼에도 어쩐지 기분이 찜찜하긴 했다.

교차로 근처에서 덕산 강산 형제와 헤어져 나는 안골로 향했다.

할아버지가 살아계셨을 때는 안골 한복판에 대궐집을 짓고 살았다고 고모할머니는 종종 얘기했다. 집 뒤에는 넓은 과수원도 있었다는데, 지금 집터와 과수원 자리는 전부 전원주택 단지로 변했다.

우리집은 안골 초입 산자락에 있는 파란 슬레이트 지붕 집이다. 옛날에 과수원 일꾼이 살았다고 하는데 내부만 현대식으로 수리했다.

"수수 왔니?"

마당가에 자전거를 세우는데 고모할머니가 나왔다.

"할머니 오셨네요!"

나는 반갑게 달려가 할머니 품에 안겼다.

"니야아……."

대장이와 호박이도 꼬리를 세우고 나를 반겼다. 대장이와 호박이는 길고양이인데, 고모할머니가 집에 있는 날은 우리 마당에 오래 머무른다. 할머니가 삶은 생선도막이며 닭고기 등을 챙겨주기 때문이다.

"배고프지? 어서 밥부터 먹자."

"우와. 맛있는 냄새!"

나는 손을 씻고 식탁에 앉았다. 밥을 푸는 고모할머니를 쳐다보며 말했다.

"할머니. 힘든데 서울 너무 자주 가지 마세요."

"나도 그러고야 싶지……. 어서 밥 먹어. 식기 전에."

고모할머니는 말끝을 흐렸다. 그러긴 어렵다는 뜻이다. 나도 이해는 하지만 좀 속상하다.

고모할머니는 아빠의 고모다. 그렇지만 아빠한테 엄마나 마찬가지다.

아빠의 진짜 엄마는 아빠를 낳은 후부터 아파서 병원에 있다가 돌아가셨다고 들었다.

아빠는 새엄마를 안 좋아해서 만날 고모네 집에서 살았고, 열두 살에 고아가 되자 아예 고모와 함께 서울로 이사 했다. 대학생 때 기숙사에 들어가며 자연스럽게 독립했지만, 고모할머니에게도 아빠는 둘째 아들이나 마찬가지다.

우리 엄마가 하늘나라로 떠났을 때도, 고모할머니가 함께 지내며 아빠랑 나를 돌봐주었다. 그러지 않았으면 우린 더 많이 힘들었을 거다.

엄마 장례식이 끝나자 아빠는 집과 직장을 정리했다. 엄마가 책 쓰기를 완성할 때까지 기다릴 필요가 없어졌기 때문에, 둘이 계획했던 일을 혼자서 시작했다.

아빠랑 내가 화안읍으로 이사 올 때 고모할머니도 같이 내려왔다. 손자들도 다 키웠고, 고향에 가서 살고 싶다는 말에 아들 며느리도 찬성했다.

그렇지만 고모할머니는 틈만 나면 김치며 밑반찬을 싸들고 서울 아들네에 간다. 집안 구석구석을 청소하고, 밀린 빨래와 다림질도 하고, 음식을 잔뜩 만들어 놓곤 다시 내려온다.

"고모. 여기선 아무 것도 하지 마세요. 그냥 푹 주무시고 맛있는 것 드시고 쉬세요."

아빠가 만날 말하지만 그것도 소용없다.

"내가 무슨 할 일이 있다고 그래. 끼니 때 밥이나 차려먹는 거지."

고모할머니는 여기서도 좀처럼 쉬지 않는다. 햇볕이 아깝다며 빨랫줄 가득 빨래 널기를 좋아하고, 앞마당 풀을 뽑고 뒷마당 텃밭을 가꾼다.

원양어선을 탔던 고모부가 실종된 후, 홀로 아들과 조카를 키웠던 고모가 안쓰러워 아빠는 용돈을 꼬박꼬박 챙겨드렸다. 그래봐야 서울 아들네 살림과 손주들 용돈으로 다 나간다는 걸 알지만, 고모할머니가 쓰고 싶은 데 쓰시는 거니 괜찮다고 아빠는 말한다.

이튿날에도 나는 꽹과리를 자전거 바구니에 담았다. 화안한 집에 풍물 연습을 하러 가기 위해서다.

다음 달이면 화안한 집에 은하 센터가 완공된다. 하늘나라에 간 엄마도 그 날은 분명 구경을 하러 올 거다. 엄마가 꿈꾸던 장소가 드디어 문을 여는 날이니까.

개관식 전에 풍물 공연을 하는데 나도 참가를 하게 되었다. 사물놀이를 오래 배운 덕산 강산 형제에 비하면 형편없는 실력이다. 그렇지만 배워도 제자리걸음인 화안한 집 식구들에 비하면, 나는 연습한 만큼 부쩍부쩍 늘고 있다.

"할머니, 풍물 연습 갔다 올게요."

"오늘도 가려고? 내일이 개학 아니냐?"

"개학하면 연습할 시간이 더 없어서요."

"아이구 적당히 해. 너무 열심히 하지 말고."

"네, 할머니. 열심히 안 하고 대충 하다 올게요. 그동안 텔레비전 보고 주무세요. 올 때 순대랑 떡볶이 사올게요."

나는 웃으며 자전거에 올랐다.

남들은 '열심히 하자', '최선을 다하자', '목표를 이루자'고들 하는데, 내 주위 어른들은 하나같이 말한다. '너무 열심히 하지 마.' '그만 하면 됐어.' '지금도 잘하고 있어'.

내 주위 어른들이라고 해봐야 가족 외에 화안한 집 식구들이지만 말이다.

어제는 공연 팀 전체 연습 날이었다. 그런데 오늘은 혼자 연습을 하려고 가는 거다. 집에서 할 수 있다면 굳이 수크령 골까지 갈 필요가 없다. 그런데 장구나 꽹과리는 소리가 크다보니 연습을 하다보면 이웃에서 항의가 들어온다. 마을에서 뚝 떨어진 화안한 집에 가야 마음 놓고 악기를 두드릴 수 있다.

화안천 자전거도로를 달려갈 때였다. 징검다리 근처에서 갑자기 동구가 앞을 가로막았다.

"야, 옥수수! 어디 가냐?"

동구는 대뜸 자전거를 가로막곤 나를 끌어내리려고 했다.

"내려 봐봐. 옥수수. 재밌는 거 타게 해줄게."

"괜찮거든. 그리고 이거 놔."

나는 동구의 손을 뿌리쳤다. 용건이 있으면 말로 할 것이지 다짜고짜 힘을 쓰는 게 싫었다.

"지금 정신병원에 가는 거야? 그냥 여기서 놀자."

"정신병원 아니거든? 그렇게 부르지 말랬지?"

나는 짜증이 났다.

화안한 집 자리에 원래 정신병원이 있었다는 건 알고 있다. 할아버지가 지은 병원이었는데 큰불이 난 후 철거 되었다고 들었다.

하지만 그건 벌써 삼십 년도 전에 있었던 일이다.

지금 화안한 집에 조현병 환자들이 살고 있긴 하지만 정신병원은 아니다. 그러니까 그렇게 부르지 말라고 해도 동구는 종종 부아를 돋운다.

"저리 비켜."

"싫은데."

"아유, 정말."

나는 자전거 바구니에 담겨있던 꽹과리를 꺼내 동구의 귀에 대고 힘껏 두드렸다. 개개개개갱…….

시끄러운 소리에 놀라 물러서던 동구가 발을 삐끗했는지 풀숲에 나동 그라졌다. 나는 이때다 하고 쌩하니 내달렸다. 못 쫓아올 만큼 가서야 자전거를 세우고, 동구를 향해 꽹과리를 한 번 더 두드려주었다. 갱갱 개개 갱 개개개갱갱!

'진짜 정신병원에 입원해 있는 사람은 자기 아빠면서!'

솔직히 그 말이 나오려는 걸 꾹 참았다.

알콜 중독 때문이지만, 어쨌든 동구 아빠가 정신병원에 입원한 건 사실이다. 동구할머니의 하소연으로, 우리 아빠가 환경이 더 나은 병원을 연결하여 입원 수속까지 도와주었다.

그런 세세한 과정까진 동구가 모를 수 있다. 그래도 자기 아빠가 정신병원에 있다는 건 알 것 아닌가? 그런데도 화안한 집을 정신병원이라고 떠들어 대는 걸 보니 어이가 없었다.

이튿날 2-6반 교실로 들어서니 동구가 떡하니 버티고 있었다.

'아니, 저 애는?'

동구와 얘기 중인 아이는 분명 홍진태였다. 훌쩍 커져서 딴사람 같아 보이긴 했지만 말이다.

"어라, 옥수수! 너도 6반이야?"

나를 발견하고 동구가 반색하며 소리쳤다.

"자꾸 옥수수라고 부를래?"

"옥수수가 싫으면 사탕수수라고 부를까? 헤헷."

나는 대꾸 없이 앞쪽 자리에 앉았다. 선생님이 오시면 어차피 자리 배정은 다시 할 테니까.

'홍진태가 왜 우리 반에 있지? 왜 한국으로 돌아온 걸까.'

나는 궁금했지만 모른 척했다. 진태 역시 별다른 표정 변화가 없었다. 어쩌면 나를 기억하지 못하는지도 몰랐다.

내가 이사를 온 건 4학년 2학기 때였는데, 그때 진태는 옆 반이었다. 5학년 때 같은 반이되긴 했지만 석 달 만에 진태가 학교를 그만뒀다. 그러고는 몇 년이나 지났으니 나를 몰라본다 해도 이상할 건 없었다.

'다행이지 뭐.'

나는 진태와 앞으로도 얽히지 말아야지 생각했다. 그 애에 대한 기억은 안 좋은 것들뿐이니까.

"아니, 이게 누구야? 너도 우리 반이야?"

동구가 떠들어대는 바람에 나는 무심코 돌아보았다. 동구와 진태가 낯선 남자애를 반기고 있었다. 중간키에 마른 편이었는데 얼굴빛이 어두워 보였다.

'저 애는 또 누구지?'

한 학년이 8반이긴 하지만, 화안중학교에 다녔으면 지난 일 년 동안 오며가며 본 적이 있을 거다. 그런데 전혀 낯선 얼굴인 걸 보니 전학생 같았다. 서울에서 비교적 가까운 지역인데다 계속 집을 지어대서 학기 중에도 전학생이 심심찮게 왔다.

'저 애는 누군데 동구랑 진태를 알까? 더구나 진태는 한국에 온지 얼마 안 됐을 텐데.'

짐작이 가는 건 교회밖에 없었다. 새로 지은 은혜로운 교회 목사가 진태 외삼촌이라고 들었다. 청소년 예배에 가면 간식에 선물까지 준다고 동구가 떠들어 대기도 했다. 동구가 웬일로 교회에 나가나 했는데, 그때 이미 진태가 한국에 들어왔던 걸까.

'모르겠다. 쟤네들이 무슨 사이든 내가 알게 뭐야.'

애써 무시하려고 했지만 은근히 신경 쓰이는 건 어쩔 수 없었다. 진태를 보니 종민이가 자꾸 떠올랐기 때문이다.

햇살 좋은 봄날 체육 시간이었다. 우리 반은 다목적 강당에서 한창 피구를 하고 있었다. 그런데 바깥이 시끌시끌했다.

"선생님, 누가 옥상에서 떨어졌나 봐요!"

어떤 아이의 말에 모두 바깥으로 달려 나갔다.

강당 건물 귀퉁이에서 선생님들이 쓰러진 아이를 에워싸고 있었다. 떨어지면서 나뭇가지에 얼굴을 찢겼는지, 아이의 얼굴은 피투성이였고, 체육복 앞자락도 붉게 물들어 있었다.

"종민이다!"

누군가의 외침에 나는 그제야 종민이가 수업에 빠졌다는 걸 알았다.

이튿날 무소 이모가 말해주었다.

"영심 씨가 그러는데 종민이가 얼굴을 열아홉 바늘이나 꿰맸대. 그래도 딴 데 크게 안 다쳤으니 다행이지. 요즘은 흉터 치료 잘 하니까 괜찮을 거야."

영심 씨는 종민이 엄마이다. 가벼운 지적장애가 있는데, 장애인복지관 소개로 화안한 농장에서 일을 했다. 적으나마 품삯을 주고 점심도 주기 때문에 영심 씨는 농장에 오는 것을 좋아했다. 그런데 종민이 간호 때문에 당분간 농장에 못 온다고 했다.

"종민이 병원비를 홍구복 씨가 내줬다네? 그 인간이 어쩐 일인가 했더니, 아들이 꼭 도와주라고 했대. 종민이네 집 형편이 어렵다고."

욕심 많은 홍사장이 아들은 잘 됐나보다고 무소 이모는 말했다.

"진태가 그랬다고?"

나는 고개가 갸웃거려졌다.

전학 오자마자 같은 반이 아닌데도 나는 진태의 얼굴을 기억했다. 화안천 주변에서 새총으로 새를 잡는 걸 몇 번이나 봤기 때문이다.

어느 날은 하굣길에 그 애 패거리가 유기견을 괴롭히는 것도 봤다. 온갖 모양으로 개조한 새총들이 진태의 가방에서 나왔고, 아이들은 무기를 고르듯 새총을 골라 돌멩이로 쏘아댔다.

'불쌍한 개를 왜 저렇게 괴롭히지? 저 애들은 감정도 없나?'

그때부터 진태는 나한테 사이코패스로 찍혔다.

약한 동물한테 잔인한 짓을 하던 진태가 종민이네 집안 형편을 걱정한다? 뭔가 이상했다. 무슨 꿍꿍이가 있을 것만 같았다.

'혹시?'

내 머릿속에 떠오르는 장면이 있었다. 체육시간 시작종이 울린 직후 계단에서 뛰어내려 오던 진태 패거리의 모습이다. 진태는 맨 뒤에서 침착하게 걸어내려 왔다.

'종민이 사건과 무슨 관련이 있는 거 아닐까?'

몹시 미심쩍었지만 아무에게도 말하진 않았다.

지역 인터넷 신문에 종민이 기사가 나왔다. H초등학교 5학년 A군(12세)은 소아 우울증으로 평소 동급생들과 어울리지 못했는데, 지적장애인인 부모가 방치하다 보니 학교에서 자살 소동까지 벌이게 되었다는 내용이었다. 종민이의 기사는 어린이청소년 정신건강의 심각성을 강조하는 사례로 여기저기 인용 보도되었다.

종민이가 왕따였던 것도 잘 알려진 사실이라 진상조사가 시작되었다.

종민이가 괴롭힘 당하는 것을 봤다는 증언들이 나오면서, 학교폭력위원회도 구성되었다. 그런데 진태 아빠도 위원에 포함되어 있었다.

'말도 안 돼. 진태가 종민이를 얼마나 괴롭혔는데!'

나는 뭔가 잘못 됐다고 생각했다.

다른 아이들에 비해 진태가 드러나게 종민이를 못살게 군 건 아니다. 표적을 정해주고 슬쩍 빠지는 게 진태 스타일이었다.

예컨대 5학년이 시작되던 첫날도 그랬다.

진태가 종민이를 향해 종이를 동그랗게 뭉쳐서 "슛"하며 던졌다. 종이공은 종민의 목덜미 옷 속으로 들어갔고, 깜짝 놀란 종민은 거북이처럼 목을 움츠렸다. 그 모습에 아이들은 와르르 웃음을 터뜨렸다. 신호탄이라도 쏜 듯 여기저기서 종민에게 뭔가를 던졌다.

종민이는 사학년 때도 왕따였다고 들었다. 그래도 진태가 첫날 그런 행동을 하지 않았다면 종민의 학교생활은 좀 더 달라질 수 있지 않았을까?

아무튼 왕따 진상조사 결과 동구와 몇 명이 가해자로 지목되었다. 체육시간 직전에 피구 연습을 한다며, 동구와 몇 명이 종민을 공으로 때리는 걸 누가 봤다고 했다.

나는 그 말을 믿기 어려웠다. 동구는 종민을 외면할망정 놀리고 괴롭히는 데 동참하지 않았다. 내가 본 건 그랬다. 저학년 때까지만 해도 둘은 단짝이었다고 하고.

그런데 진상조사와 상관없이 아이들 사이에 새로운 소문이 돌았다. 종민이가 들어간 비품창고 문이 밖에서 잠겼다는 거였다. 그래서 종민이 창문으로 빠져나와, 외벽 사다리를 타고 지붕에 올라가다가 떨어졌다고 했다.

그 소문과 함께 진태 패거리의 이름도 오르내리기 시작했다.

'그래서 그 날 늦게 내려온 건가? 종민이를 비품실에 가둬놓고?'

나는 자꾸 의심이 들었다. 그러나 증거도 없이 그런 말을 함부로 입 밖에 낼 수는 없었다.

그 무렵 또래들에게 폭행당한 중학생이 아파트 옥상에서 떨어져 죽은 일이 생겼다. 촉법소년 처벌 여론이 높아졌고, 분노의 목소리가 뉴스 댓글마다 가득했다. 학교에서는 종민이 사건이 언급될까봐 전전긍긍했다. 진태가 유학을 간다며 학교를 그만둔 건 그 때였다.

동구는 반성문을 쓰고 교내 청소 등 봉사 활동 징계를 받았다. 그러나 남들 눈총에 기죽는 대신 튀는 쪽을 택했다.

"우가우가! 나는야 뭐든지 먹어치우는 머거맨!"

우유를 안 먹는 아이 대신 마셔주고, 애들이 싫어하는 반찬을 먹어 치워주는 식으로 관심을 끌었다.

"머거맨! 도와 줘!"

먹기 싫은 음식이 있으면 아이들은 동구를 불렀고, 동구는 발을 쿵쿵대고 헛바닥을 내미는 쇼를 하며 먹어치우곤 했다.

우스꽝스러운 머거맨 역할을 하며 동구는 무사히 초등학교를 졸업했다. 그런데 3년 만에 진태가 다시 돌아온 거다. 왜소한 편이었던 초등학교 때와 달리, 훌쩍 커지고 체격도 좋아진 모습으로.

과연 진태의 성품도 달라졌을까?

솔직히 그럴 거 같진 않았다. 내가 너무 삐딱한 걸까.

오소라 선생님은 두 개의 상자를 교탁 위에 올려놓았다.

"번호표 뽑기로 네 명씩 모둠을 지어 앉을게요. 여학생 한 명, 남학생 한 명, 이름을 부르면 나와서 번호표를 뽑도록 합니다."

강나영과 김규민이 가장 먼저 앞으로 나왔다. 그런데 동시에 5번을 뽑아 한모둠이 되었다. 교실에는 웃음과 환호성이 터졌다. 즐거운 학교 재미난 교실을 만들고 싶다는 오소라 선생님의 목표가 첫날부터 이루어지는 분위기였다.

동구는 4번을 뽑았는데 얼마 뒤 방민서란 아이도 4번을 뽑았다. 그러자 동구는 좋아서 입이 귀에 걸렸다. 1학년 때 걸 그룹 연습생 같은 여자애 네 명이 늘 붙어 다니는 걸 봤는데, 민서는 그 중 한 명이었다.

나도 차례가 되어 번호표를 골랐더니 하필 4번이었다. 동구를 흘깃 쳐다보니 두 팔을 흔들며 춤추는 시늉을 했다.

'진태랑 같은 모둠이 되면 어쩌지?'

나는 갑자기 불안해졌다. 다행히 송인하란 아이가 우리 모둠이 되었다. 동구와 진태와 알은체를 하던 그 아이였다.

그런데 조금 뒤였다.

"홍이든."

"예!"

성큼성큼 앞으로 걸어 나가는 아이는 진태였다.

'홍이든이라니?'

얼떨떨해서 쳐다보던 내 눈과 홍이든의 눈이 마주쳤다.

무표정하게 눈길을 돌리는 냉랭함. 당황하지 않는 침착함. 나는 기시감을 느꼈다. 삼 년 전 진태도 저랬다. 날카로운 돌을 새총에 장전하여 유기견의 눈을 쏘아 실명시키고도 저렇게 태연했다. 사이코패스처럼!

03

기괴한 외침

'이게 무슨 소리지?'

새벽에 화장실에 간 나는 귀를 의심했다.

까아악, 끄아아, 흐아아……. 문자로는 표현할 수 없는 기괴한 외침
이 창 너머에서 들려왔기 때문이다.

방으로 돌아와 시계를 보니 새벽 3시 13분이었다.

'이 시간에 무슨 소리지? 내가 잘못 들었나.'

나는 창문을 살짝 열고 내다보았다. 짐승의 울부짖음 같기도 하
고, 저승에서 기어 나온 귀신의 비명 같기도 한 소리가 가까이서 들
려왔다.

'헉.'

소스라치게 놀란 나는 재빨리 창문을 닫았다. 소름끼치는 무엇이

불 켜진 방안을 볼 것 같아 스위치도 얼른 내렸다. 심장이 마구 방망이질했다.

한참이 지난 뒤 나는 창을 살짝 열어보았다. 비명 소리가 멀리서 들려왔다. 그제야 고개를 내밀고 바깥을 조심스럽게 살폈다. 화안천 둑길을 따라 가로등이 희미하게 켜져 있었지만 갈대숲 그림자 때문에 아무 것도 보이지 않았다. 소리는 아득히 멀어지더니 더 이상 들리지 않았다.

'설마, 귀신일 리는 없잖아?'

도저히 사람이 내는 소리 같진 않았지만, 그래도 짐승보다는 사람일 거라는 느낌이 들었다.

자리에 누웠지만 잠은 오지 않고 불안감이 밀려왔다.

형을 퇴원시키러 갔던 엄마는 혼자 집에 돌아왔다. 2주 전 병원을 옮겼는데, 주치의가 며칠 더 있다가 퇴원하기를 권했다고 했다. 형에게 새로운 약을 처방했는데 좀 더 지켜보며 용량 조절을 해보자고 했다는 거였다.

"지금 꼭 병원을 옮겨야 돼요? 조금만 더 있다가 이사하면 집에 오면 되잖아요."

그때 내가 반대하자 엄마가 설명해주었다.

"같은 병원에 석 달 이상 입원 못 해. 법으로 정해져 있어서 그래."

2017년 이전까지만 해도 보호자의 동의와 정신과 전문의 한 명의 진단만 있으면 정신병원 강제입원이 가능했다. 입원이 너무 쉽다보니, 환자는 물론이고 멀쩡한 사람까지 정신병원에 감금하는 일이 심심찮게 일어났다.

환자를 정신병원에 계속 입원시켜두는 보호자도 많았다. 이 병원에서 육 개월, 저 병원에서 사 개월, 뱅글뱅글 돌아서 다시 원래 있던 곳으로 돌아오는 '회전문'환자도 흔했다. 그런데 이제 정신건강복지법이 만들어져서 강제입원 조건도 까다로워지고 한 곳에 일정 기간 이상 머물 수도 없다고 했다.

"그럼 병원을 옮길 때마다 다른 약을 주는 거예요? 석 달 가까이 입원해 있었는데 형한테 맞는 약을 못 찾았대요?"

"의사 선생님에 따라 처방은 다르지. 입원하고 나서 환청이나 망상은 없대. 그런데 약을 먹으면 몸이 뻣뻣해지고 심할 땐 활처럼 휘어지는 증세가 나타나기도 했어. 이번 병원에선 그런 부작용은 없나 봐."

바꾼 약이 잘 듣는 것 같으니, 형이 차차 예전 모습을 되찾으리라고 엄마는 기대했다.

'정말 그렇게 될까?'

형이 핼쑥하고 여윈 모습일망정 맑은 눈빛으로 집에 돌아오면 얼마나 좋을까. 생각만 해도 눈물이 날 것 같았다.

그러나 일루미나티니 뇌파 공격이니 해괴한 소리를 하며 날뛰던 동영상 속 형의 모습을 떠올리자 등골이 서늘해지며 잠이 천리만리 달아났다.

화안중학교는 우리 집에서 버스로 열세 정거장 거리에 있었다.

등교 첫날엔 엄마가 학교 앞까지 승용차로 데려다 주었다. 집에 갈 때 버스를 타고 혼자 가겠다고 했다. 화안읍은 서울처럼 복잡하지 않고 읍내가 단순했다. 엄마랑 승용차로 몇 번 오갔더니 지리가 금방 파악되었다.

신입생 입학식이 있기도 해서 학교길이 붐볐다. 작년 이맘때는 나도 서울에서 입학식을 했다. 그런데 전학생이 되어 다시 새 교복을 입고 낯선 학교로 들어서니 기분이 묘했다.

'그냥 딱 중간만 가야지. 있는 듯 없는 듯.'

교문을 들어서며 나는 다짐했다.

내가 평소 눈에 띄는 아이였던 건 아니다. 다만 지난 9개월이 너무 힘들었기에, 보호색을 띤 동물처럼 숨어있고 싶을 따름이었다.

2학년 6반 교실은 3층 맨 끝에 있었다.

나는 약간 긴장한 채 교실 뒷문으로 들어섰는데, 뜻밖에 아는 얼굴들이 반겨주었다.

"어라, 이게 누구야?"

"너도 우리 반인 거야?"

화안천 자전거도로에서 만났던 이든과 동구였다.

"완전 잘 됐다. 안 그래도 너희 집에 한번 찾아가려고 했는데."

동구의 말에 나는 흠칫 놀랐다.

"우리 집에? 왜?"

"이든이랑 일요일에 전동킥보드 타러 갈 거거든. 너도 같이 가자고."

"난 킥보드 없는데."

"화성 행궁 갈 건데 거기 빌리는 곳이 있대. 이든이가 통닭도 쏘기로 했어. 그치?"

"응. 아는 애 아빠가 팔달문 근처에서 매운 찜닭 집을 하셔."

"갈 거지, 송인하?"

"상황 봐서."

딱 잘라 거절하기 뭣해서 나는 얼버무렸다.

그런데 동구와는 무슨 인연이 있긴 한 모양이었다. 번호표 뽑기로 모둠을 정했는데 같은 4번을 뽑았다. 방민서와 은수수라는 여자애도 같은 모둠이었다.

동구가 재빨리 민서 옆에 앉는 바람에 나는 자연스럽게 수수와 짝이 되었다. 찰랑대는 긴 머리에 화장품을 뽀얗게 바른 민서와 달리, 수수는 질끈 묶은 꽁지머리에 피부는 햇볕에 그을린 듯 가무잡잡했다. 민서는 몸에 달라붙는 코르셋 교복을 입은 반면, 수수는 헐렁한 후드티를 입고 있었다.

화안 중학교는 교복과 체육복 외에 학교 마크가 새겨진 후드티를 입을 수 있고 머리 모양도 비교적 자유로웠다. 나는 그런 점들이 마음에 들었다. 전학 오기 전 학교는 옷차림과 두발 규정이 지나치게 엄격했고, 그것을 전통과 자랑으로 여겼다.

수업 첫날이라 대부분 과목이 진도를 나가지는 않았다. 선생님들은 가벼운 인사나 게임 등으로 배울 과목에 대한 기대와 흥미를 갖게 했다.

영어 시간에는 간단히 자기소개를 했는데, 동구는 먼 나라 원주민처럼 눈을 부라리고 혀를 쑥 내밀어 교실을 웃음바다로 만들었다.

"마이 네임 이즈 마동구, 아이 엠 머거맨! 우가우가!"

민서는 작은 소리로 자기 이름과 사는 곳을 간단히 말했고, 수수는 요즘 장구와 꽹과리를 배우고 있는데 매우 재미있다고 했다.

'꽹과리? 그럼 동구한테 꽹과리를 쳤던 애?'

나는 눈을 크게 뜨고 수수를 다시 봤다. 어제는 거리가 멀기도 했고, 머리를 묶지 않아서 같은 애라는 생각을 못 했다. 그런데 곰곰 뜯어보니 빨간 자전거를 타던 소녀가 분명했다. 동그란 이마에, 자그마하지만 오목조목 또렷한 눈매와 입매가 야무져 보였다.

'재미있는 애랑 한 모둠이 됐네.'

빙긋 웃다가 정신을 차려보니 다들 나를 바라보고 있었다. 머쓱해진 나는 간단하게 내 소개를 했다. 이사 온 지 얼마 안 돼서 모르는 게 많다며 잘 부탁한다고 했다. 더 길게도 할 수 있었지만 괜히 튀고 싶지 않았다.

이든은 유창한 영국식 영어로 환호를 받았다.

그 애는 런던에서 유학을 하다가, 엄마가 암 수술을 받았다는 얘기를 뒤늦게 들었다고 했다. 자신이 걱정할까봐 수술 사실을 숨겼는데,

다행히 엄마는 기적적으로 회복이 되었다고 했다. 가족들은 이든이 유학을 계속하기를 바라지만, 부모님과 함께 있고 싶어서 한국에 돌아왔다고 했다.

"그랬구나. 어머니가 건강해지셨다니 정말 다행이다."

암으로 돌아가신 자신의 어머니가 생각난다며, 원어민 선생님은 눈시울을 붉혔다.

'영국에서 유학을 한 애구나. 어쩐지.'

이든에게 새삼 호감이 생겼다. 부모님이 뒷바라지를 해준다는 데도 유학을 포기하고 가족을 선택했다니 멋진 아이였다.

재하 형이 많은 사진을 찍어 와서 보여주었던 런던 풍경도 머리를 스쳤다. 이든도 같은 곳을 지나다녔을 거라고 생각하자 더 친근하게 느껴졌다.

중학교 때 오로지 공부만 했던 형은, 대한고에 합격한 뒤 처음으로 비행기를 탔다. 런던으로 어학연수 겸 여행을 떠난 거다.

두 달 뒤 형이 돌아오던 날 엄마와 나는 인천공항으로 마중을 갔다. 그런데 입국장으로 들어오던 형의 얼굴이 얼마나 빛나던지 딴 사람인 줄 알았다.

"여기가 템즈강이야. 유람선 뒤편에 런던 아이 보이지? 타워 브릿지도 그렇고 런던 아이도 밤에 더 멋있어."

형은 드롭박스에 저장한 사진들을 보여주며 들뜬 목소리로 설명했다.

"여긴 생긴지 70년 된 가게야. 영국 왔으면 피시 앤 칩스는 꼭 먹어 봐야 된다고 조엘이 데려갔어. 피시 앤 칩스 치고 이 집 음식은 좀 비싼 편이야. 근데 생선이 겉은 바싹하게 튀겨지고 속은 부드럽고 촉촉해서 진짜 맛있더라."

형은 조엘이라는 친구 얘기를 많이 했다. 홈스테이를 한 할머니 댁 손자인데, 형이 런던에 있는 동안 많은 시간을 함께 보냈다고 했다.

트라팔가 광장이며 내셔널 갤러리, 피카딜리 서커스, 버킹엄 궁전 등 조엘이 데려가 준 곳에서 찍었다는 온갖 사진이 수백 장도 넘었다. 그런데 인물 사진은 호그와트 성처럼 생긴 법원 앞에서 찍은 셀피 몇 장이 전부였다.

"조엘 형이랑 찍은 사진은 없어? 어떻게 생겼는지 보고 싶은데."

"걔는 얼굴 공개하면 안 돼."

"왜?"

"그럴 사정이 있어."

"외모에 무슨 문제가 있는 거야?"

"아니. 오히려 그 반대야."

"혹시 영국 왕자야? 국가안보 때문에 노출을 못 하는 거 아냐?"

내가 농담을 했는데 형은 정색하며 목소리를 낮추었다. 왕자는 아니지만 사실 조엘은 이름과 신분을 바꾸어 살아가고 있다고. 홈스테이 호스트 할머니도 사실은 조엘의 친할머니가 아니라고 했다.

증인 보호 프로그램이 나오는 외국 영화나 드라마는 나도 보았다.
조엘의 가족도 그런 사람들이라고 했다. 오래된 붉은 벽돌집이며 엔
틱 가구들, 담장 위의 회색 고양이 등, 형이 머물렀던 집 사진들도 비
밀로 가득 찬 듯 신비로워보였다.

"나도 여기 가보고 싶어."

"형 대학 들어가면 같이 런던 여행 가자."

"진짜지, 형?"

"그럼, 진짜지."

형과 주먹을 부딪치며 약속도 했다.

그 무렵의 형은 행복해보였고 자신감이 넘쳤다. 어학연수를 다녀
온 김에 영어를 더 확실히 해야 한다며 영어 공부에 열을 올렸고, 이
때가 아니면 시간이 없다며 그림을 그리기도 했다. 헬스클럽에 가서
지칠 때까지 운동을 하는가하면, 헌법 민법 형법 책들을 잔뜩 주문해
서 읽기까지 했다. 법대와 로스쿨을 나와 판검사가 되는 게 초등학교
때부터 형의 일관된 목표였는데, 일차시험 기본과목을 미리 훑어보
겠다는 거였다.

형은 거의 잠도 자지 않았다. 나에게 형은 늘 크고 든든한 존재였지
만, 그 당시의 형은 마블 히어로로 같았다.

"그때가 아마 조증이었을 거래. 의사가."

형이 정신병원에 입원한 뒤에야 엄마가 말해주었다.

조울증은 기분이 들뜨고 자신감 과잉 상태인 조증과 한없이 우울

해져서 삶의 의욕이 사라지는 울증을 번갈아 오가는 병인데, 주기는 사람에 따라 다르다고 했다. 하루에도 몇 번 씩 조증과 울증이 반복되는 사람이 있는가 하면, 몇 개월 씩 조증이나 울증이 계속되는 경우도 있다고 했다.

그런데 우울증보다 조울증이 더 위험하다며 병원에서 충분히 치료한 뒤 퇴원 시키라고 의사가 말했다. 조증과 울증의 감정 폭이 클수록 자살률이 높고, 특히 조증일 때는 밝고 자신만만하기 때문에 병이 진행되고 있다는 걸 주위 사람들이 잘 모른다고 했다.

"아빠 말대로 나도 재하가 고등학교 가서 무슨 충격을 받았나 했어. 그런데 의사 말로는 그 한참 전부터 증상이 있었을 거란다. 잠을 통 안 자고 활동하는 것도 주요 증상이래."

엄마 말을 듣고서야 나는 영국에 다녀온 뒤 형이 그 이전과 확실히 달랐음을 깨달았다.

조현병의 망상 초기였는지 조울증의 조증 상태였는지는 나로선 알 길이 없다. 그러나 낯선 이국에서의 모험을 흥미진진하게 들려주던 그 무렵 형의 모습은 어느 때보다 빛났다.

영국에서 왔다는 이든을 보고 있으니 재하 형이 떠올라 나는 마음이 아려왔다.

"인하야, 빨리 밥 먹으러 가자."

넷째시간 마침종이 울리기 무섭게 동구가 채근했다. 나는 얼떨결에 동구가 이끄는 대로 이든과 셋이 밥을 먹었다.

건너편 테이블에는 민서가 일학년 때 친구들과 점심을 먹고 있었다. 하나같이 긴 생머리에 화장한 티가 역력한 애들이었다.

형이랑 친했던 화영 누나도, 수업이 끝나면 공원이나 지하철 화장실에서 옷을 갈아입고 화장을 뽀얗게 하곤 했다.

형은 3학년이 되자 공부만 할 뿐 친구들과 어울려 노는 일이 없었는데, 화영 누나와는 가끔 만나서 간식도 먹고 얘기를 나누었다.

"너 어제도 화영이 만났다며? 걘 학생이 하고 다니는 꼴이 왜 그러니. 술집 나가는 애 같이. 재하 너 이제 걔 못 찾아오게 해라. 사춘기에 잘못하면 인생 망치는 거 잠깐이야."

"화영이 일 학년 때부터 친구잖아요. 걔 이상한 짓 안 해요."

"그건 네 생각이고. 하나를 보면 열을 아는 거야. 걔랑 만나더라는 소리 또 들리면 그땐 내가 걔 찾아갈 거야."

"뭐 하게요?"

"우리 아들한테 연락하지 말라고 해야지."

사뭇 당당하게 말하는 엄마에게 형이 말했다.

"걔가 연락하는 거 아니에요. 내가 만나자고 하니까 화영이가 시간 내 주는 거지."

"뭐? 그런 애한테 네가 연락을 왜 해?"

"화영이가 어때서요. 화영이가 나보다 애들한테 훨씬 인기 많아요."

"아무튼 너랑 어울리지 않는 애니까 멀리 해. 친구도 수준이 비슷한 애들을 사귀어야지."

"수준이요?"

엄마를 쳐다보는 형의 표정은 묘했다. 웃음을 참는 것 같기도 하고 화를 누르는 것 같기도 하고 체념한 것 같기도 했다.

그 후로 형이 화영 누나를 또 만났다는 얘기는 못 들었다.

그런데 형의 동영상이 퍼진 한참 뒤 화영 누나가 나를 찾아온 적이 있었다. 형이 걱정 된다며 입원한 병원을 알려달라고 했다.

헤어지기 전에 화영 누나는 내 전화번호를 자기 휴대폰에 입력하곤 '재하 동생, 인하'라고 저장했다.

"너 붕어빵 좋아한다며? 아직 뜨뜻할 거야."

들고 온 붕어빵 봉지를 나한테 건네주고, 화영 누나는 총총히 사라졌다.

그 후 화영 누나를 생각하면 따듯한 붕어빵의 온기와 팥소의 달큰한 맛이 떠오른다. 후인동 반지하 주택에 살았을 때, 돈이 생기면 어쩌다 형이랑 사먹곤 했던 애꾸 아저씨네 붕어빵 맛과 비슷한.

"마음에 드는 애 있냐?"

동구가 팔을 툭 치는 바람에 나는 흠칫 놀랐다.

민서들 쪽을 쳐다보며 잠깐 화영 누나를 떠올렸는데, 동구의 눈엔 내가 여자애들한테 관심이 있는 걸로 보인 모양이었다.

"아, 아니야. 그런 거."

"쟤네들 라이징스타야. 방송 댄스 하는 애들인데, 작년 동아리 발표회 때 최고인기상 받았잖아. 다 괜찮지만 그래도 우리 민서가 제일 예쁘잖냐?"

동구야말로 연신 그 애들을 쳐다보느라, 밥이 입으로 들어가는지 코로 들어가는지 몰랐다.

이든과 내가 낯설었던지, 여자애들이 민서에게 누구냐고 물었다. 이든이 영국에서 유학하다 왔다고 대답한 듯, 여자애들은 탄성을 지르며 호기심 어린 눈빛으로 우리 쪽을 탐색했다.

작년에도 그랬다. 중학생이 되자 여학생 남학생 할 것 없이 이성에 대한 관심이 엄청나게 많아졌다. 누가 누구를 좋아하고, 누가 누구랑 키스했고, 어떤 애가 바람둥이고……. 알고 싶지 않아도 온갖 얘기가 들려왔다.

그러나 나는 여자애들이 전혀 눈에 들어오지 않았다. 형의 조현병, 아빠의 파산, 부모님의 불화로 숨쉬기조차 힘들었으니까. 잠들 때 이대로 깨지 말았으면 하는 생각이 들 때도 있었으니까.

지금쯤은 아마 그쪽 학교에 나의 전학이 누군가의 입에 오르내리고 있을 거다. 명문고 진학으로 학교의 이름을 드높였던 졸업생에서, 조현병 환자가 되어버린 형의 비극과 함께.

"야, 너 그 동영상 봤어? 인하네 형 미쳐서 날뛰는 거."

"얘기만 들었어. 근데 재하 형이 어쩌다 그렇게 된 거야?"

"공부를 너무 많이 하면 미칠 수도 있대."

"정신병은 유전일 걸? 벤치 아저씨도 형제가 다 정신이상이라잖아."

"그럼 인하도 나중에 어떻게 될지 모르겠네?"

"개도 요새 좀 이상해. 전하고 달라졌어."

이 대화는 상상이 아니다. 형이 강제입원 된 뒤, 학원 화장실 칸막이 안에서 내 귀로 들었던 말들이다. 흥미진진하게 떠드는 목소리의 주인들을 나는 구별할 수 있었다. 같은 아파트 단지에서 삼 년이나 같이 살며 어울려 놀았던 친구들이었으니까.

형이 입원한 뒤 인터넷에도 많이 찾아봤지만, 조현병이 유전된다는 전문가는 어디에도 없었다. 부모가 다 조현병일 경우엔 확률이 높아지지만 우리 부모님은 둘 다 건강하다. 누가 왜 조현병에 걸리는지 아무도 알 수 없는 거다. 하지만 나는 친구들에게 아무 말도 하지 못했다. 내가 거기 있다는 걸 그 애들이 알까봐, 오히려 두 손으로 입을 막고 숨을 죽였다.

수업이 시작된 한참 후에 나는 화장실에서 나왔다. 그 길로 집으로 돌아간 뒤 다시는 학원에 가지 않았다.

'우리 형 동영상을 봤으면 왜 나한테 말해주지 않았을까? 진짜 친구라면 그런 건 알려줘야 되는 거잖아.'

나는 친구들에게 서운하고 노여웠다.

물론 형이 조현병에 걸린 후 아이들과 먼저 거리를 둔 건 나였다. 한동안 아무렇지도 않은 척 어울려도 봤지만 예전처럼 즐겁지가 않았기 때문이다. 내 마음이 힘겹다보니, 걱정 없는 아이들의 자랑이나 시시한 말장난도 가끔 견디기 어려웠다. 그래서 차츰 어울리길 피하다 보니 사이가 서먹해지긴 했다. 그래도 나는 그 애들을 믿었고 친구라고 생각했다. 그런데 공중화장실에서 형의 병에 대해 큰소리로 떠들어대다니……

화안읍에서 아이들과 가까워지지 않겠다고 결심한 것도 그래서였다. 과연 친구란 무엇인지, 진정한 친구가 세상에 있기나 한지 의문이었다.

다음날 새벽에도 기괴한 외침은 또 들려왔다. 바람이 불어서 더 음산하게 느껴졌다.

잠을 자는 둥 마는 둥 학교에 갔더니 계속 하품이 나왔다.

"너 간밤에 야동 봤구나? 그래서 못 잔거지?"

뜬금없는 동구의 말에 나는 화들짝 놀랐다.

"무, 무슨 소리야?"

"벌써 하품을 열두 번도 넘게 했잖아. 눈에 핏발도 섰는데?"

수수와 민서가 듣거나말거나 동구는 커다랗게 떠들었다.

당황한 나는 새벽에 무서운 소리가 나서 며칠째 잠을 설쳤다고 변명했다.

"무서운 소리라니?"

"사람인지 동물인지 모르겠는데, 새벽에 비명을 지르며 집 주변을 돌아다녀."

"어머머, 진짜?"

놀라는 사람은 민서뿐이었다. 수수는 뭔가 알고 있는 듯한 표정이었고, 동구는 의기양양하게 외쳤다.

"나 그거 무슨 소린지 알아!"

"진짜? 무슨 소린데?"

"미친 아줌마야. 평소에 괜찮다가 정신병이 도지면 한밤중에 고함치면서 돌아다녀. 사천왕이 소리치라고 시킨다던데. 안 그러면 괴롭힌대."

나는 가슴이 철렁했다. 설마 했는데 역시 짐작이 맞았다.

"대박! 포켓몬스터 게임 사천왕?"

민서가 눈을 동그랗게 뜨고 동구를 쳐다보았다.

"그 아줌마는 포켓몬 모를걸. 절에 가면 문 앞에 있는 사천왕이래."

"동네에 미친 사람 살면 진짜 무섭겠다. 그런 사람들 칼로 아무나 막 찌르잖아. 인하 너도 혹시 마주치지 않게 조심해. 무슨 짓을 할지 어떻게 알아?"

민서가 호들갑스럽게 말했다. 내가 대꾸할 말을 찾지 못하고 있는데 뜻밖에 수수가 말했다.

"민서야. 미안한데, 조현병 환자를 무조건 예비 범죄자 취급하면 안 된다고 생각해."

나는 놀라서 수수를 바라보았다.

"왜? 조현병 환자가 사건 저질러서 뉴스에 만날 나오잖아. 저번엔 정신과 의사도 칼로 찔러 죽였고."

"근데 일반인들이 조현병 환자보다 강력 범죄를 열 배 이상 많이 저지르거든."

"진짜?"

"나라에서 발표한 통계니까, 못 믿겠으면 찾아 봐."

"뭐, 그렇게까지 궁금하진 않고."

"일반인 강력범죄가 많다고 모든 사람을 예비 범죄자로 보진 않잖아. 그것처럼 조현병 환자 전체를 나쁘게 말하지 않았으면 좋겠어. 내가 조현병 환자들이랑 좀 친하거든. 알고 보면 보통 사람들보다 훨씬 마음이 곱고 양심적인 사람이 많아."

수수의 입에서 나오는 한 마디 한 마디가 나는 놀라웠다.

"알았어. 근데 조현병 환자들이랑 친하다니 무슨 말이야?"

"화안한 집이 수수네 거잖아."

동구가 넙죽 대답했다.

"화안한 집?"

"수크령 화안한 집 몰라? 비 오면 귀신 나오는 곳 있잖아. 옛날 정신병원 자리라서 그래."

"귀신? 정신병원?"

민서의 눈이 점점 커졌다. 나도 무슨 소린가 해서 동구와 수수를 번갈아 쳐다보았다.

"야! 머거맨. 너 또 헛소리 할래? 안 되겠다. 좀 맞자."

수수가 삼십 센티미터 자로 동구의 손을 때리려고 하자, 동구는 재빨리 달아나며 넉살을 부렸다.

"우가우가, 나는 야 머거맨! 우가우가 뭐든지 먹어 치운다맨!"

선생님이 교실로 들어오면서 소동은 일단락되었지만, '화안한 집'이란 단어가 내 머릿속에 맴돌았다.

'화안한 집. 분명 들어봤는데. 이사를 와서니깐⋯⋯. 아, 그 경찰들!'

생각났다. 차량 도난 사건 때문에 찾아왔던 경찰들이 우리집을 떠나며 말했다. 화안한 집에 가봐야 한다고, 피해자가 조사해 달라고 요구했다고도 했다. 그래서 나는 무의식중에 생각했더랬다. 이름은 화안한 집이지만 어두운 곳인가 보다고. 피해자가 콕 집어 조사해 달라고 할 정도이니 말이다.

'화안한 집에 조현병 환자들이 사나? 그럼 정신장애인 요양시설인가?'

수수네가 운영하는 곳이라니 더 관심이 생겼다.

형이 조현병 환자라는 것을 숨기기 급급했던 우리 가족이었기에, 조현병 환자들과 친하다고 당당히 말하던 수수의 모습은 놀랍게만 느껴졌다. 부모님이 시설을 운영하며 환자들을 돌봐줄 뿐, 가족 중에 환자가 없기에 그렇게 당당할 수 있는 건지도 몰랐다.

저녁을 먹다가 나는 엄마한테 물어보았다.

"엄마, 혹시 화안한 집이라고 알아요?"

"아니. 뭐하는 덴데?"

엄마는 전혀 모르는 눈치였다.

"조현병 환자 시설 같은데 자세히는 모르겠어요."

"갑자기 시설은 왜?"

"내 짝 부모님이 운영하시는 것 같아서요."

나는 이어서 덧붙였다.

"형 얘긴 안 했어요."

엄마는 아직 현실을 받아들이지 못하고 있다. 이사 오던 날도 이삿짐센터 직원에게, 큰아들은 대한고에 다니며 기숙사에서 지낸다고 했다.

"그 학교가 그렇게 명문이라면서요? 머리 좋은 애들만 들어가는 곳이라던데……. 아유, 얼마나 좋으세요."

이삿짐센터 아주머니는 부러워하며, 자기애들은 둘 다 공부를 못한다며 웃었다. 자기 닮아서 그런 것 같다고.

"건강하기만 하면 되죠. 그게 최고예요."

대꾸하던 엄마의 목소리는 공허했다.

아무 상관없는 사람들에게 묻지도 않는 말을 굳이, 그것도 거짓말을 할 만큼, 엄마가 여전히 현실을 믿고 싶어 하지 않는다는 걸 그때 알았다.

"화안읍, 화안한 집, 조현병……."

나는 컴퓨터를 켜고 몇 개의 키워드로 인터넷에서 검색해 보았다. 그러자 소박한 홈페이지가 나왔다. 화안한 집 소개, 주요사업, 화안한 일터, 게시판 등이 있었다.

소개를 눌러 보니 본관인 화안한 집 외에 달나라 집과 별나라 집이 라는 그룹 홈이 있었다. 여성과 남성 조현병 환자들이 따로 생활하는 집이었다. 그리고 신축 중인 은하센터에 대한 소개와 평면도도 나와 있었다.

"달나라 집, 별나라 집, 이젠 은하센터를 짓는다고? 어디 블랙홀도 있는 거 아니야?"

나는 픽 웃고 말았다.

은하센터 평면도를 보니 건물 뒤편에 작업장과 창고, 쉼터 등이 있고 앞쪽에는 전시영업장과 카페, 사무실, 다목적 홀 등이 있었다. 2층에는 회의실과 여러 개의 교실, 비품실, 사무실 등이 있고 3층엔 의료실, 상담실, 소극장, 청소년실도 보였다.

'청소년실?'

나는 눈이 번쩍 뜨였다. 형 같은 청소년 조현병 환자도 화안한 집에 있나 싶어 반가웠다.

형이 입원한 정신병원에는 전부 어른들 뿐이었다. 폐쇄 병동에 십대가 들어오는 경우가 흔치 않기 때문이었다. 그나마 병원에서 신경을 써서 재하 형을 이십대 환자가 있는 4인실로 보내주었다.

처음에는 경황없이 형을 입원 시켰지만, 다음 병원으로 옮기기 전에 엄마는 청소년 병동이 있는 곳을 찾아봤다. 그러나 청소년 정신질 환자를 위한 병원은 따로 없었다. 굳이 찾자면 어린이병원이 극소수 있긴 한데, 비싸서 웬만한 형편에선 입원시킬 수 없다고 했다. 어차피 조현병은 잠깐 입원하여 완치될 수 있는 병이 아니다. 청소년 전문 병 원이 있으면 좀 멀더라도 그곳에 입원시켜 퇴원 후에도 정기 진료를 받기를 원했던 엄마의 꿈은 꿈으로만 남았다.

그랬기에 병원은 아니지만 화안한 집에서 청소년 환자를 위한 활동 도 하나싶어 관심이 갔다. 퇴원 후 형의 생활에 대한 아무런 계획도 아직 세우지 못하고 있기에 더 그랬다.

'우선 수수랑 친해져야겠어!'

홈페이지를 살펴보며 나는 결심했다.

작년에는 내 고통을 견디기만도 바빴다. 그래서 형을 돌보는 일이 부모님 몫이라고만 생각했다. 그러나 지금은 상황이 달라졌다. 아빠 는 먼 나라에 있고, 엄마 혼자 아픈 형과 나의 보호자 역할을 해야 한 다. 게다가 열여덟 살이 된 형을 엄마는 힘으로 어떻게 할 수도 없다. 내가 형과 엄마를 도와야만 하는 것이다.

형이 정신병원에서 퇴원하면 어떤 일이 생길지, 지금으로선 짐작조 차 안 간다. 혹시라도 긴급한 일이 생기면 도움을 청할만한 곳 또는 사 람들의 목록이 있어야 할 것 같았다. 집에 찾아왔던 경찰이 준 명함을 냉장고 옆에 잘 붙여둔 것도 그 때문이었다. 혹시 몰라서 나는 화안한 집 홈페이지도 컴퓨터 바탕화면에 즐겨찾기를 해두었다.

04

풍물 동아리, 얼쑤!

자전거를 타고 학교에 가는데 톡 알람이 울렸다. 휴대폰을 열어보니 덕산 오빠였다.

> 방과 후 학교 풍물반이 생겼어. 오늘 12시 30분에 중앙
> 현관에서 만나자. 의논할 일이 있어.

> 진짜? 신난다! 알았어, 오빠. 점심 때 만나.

드디어 학교에서 풍물을 배울 수 있다니! 좋아서 저절로 웃음이 나왔다. 어떤 풍물 강사님이 오실지 궁금하고 설렜다.

'용규 아저씨네 식당이 망해서 정말 다행이야!'

그러지 않았으면 덕산 오빠네가 화안읍으로 이사 오지도 않았을 테고, 나는 풍물을 배울 생각조차 못했을 거다. 그랬으면 지금 난 무엇을 하며 살고 있을까? 뭔가를 하고 있긴 하겠지만 이렇게 즐거운 날들은 아닐 거다.

용규 아저씨는 아빠와 고등학교 때부터 친구다. 대학교 때는 엄마 아빠랑 연합 풍물패 활동을 같이 했다. 그 때의 어울마당 풍물패 회원들은 사회인이 된 뒤에도 꾸준히 풍물놀이 봉사활동을 했다. 여름마다 가족들과 모꼬지를 하곤 해서, 덕산 강산 형제랑 나도 어릴 때부터 서로 커가는 모습을 보아왔다.

재작년에 용규 아저씨가 하던 프렌차이즈 고깃집이 망했다. 그때 아빠가 화안읍으로 이사 오라고 설득했다.

"마침 노는 땅이 있어. 구석진 곳이지만 비닐천막을 치고 고깃집을 한번 해보게나. 사용할 수 있는 비품은 다 싣고 와. 투자비 안 들고 본사 납입금 안 내면 네 식구 먹고 살 수는 있을 거야."

화안한 집에 용규 아저씨도 여러 번 와본 터였다. 화안읍이 어떤 곳인지 알고 있었기에, 아저씨는 가족들과 의논해서 이사를 결정했다.

그때 가장 기뻐한 사람은 아마 나였을 거다. 화안읍은 아빠와 고모할머니의 고향이었지만, 서울에서 태어나고 자란 나에게는 여전히 낯설고 서먹한 곳이었다. 그런데 덕산 강산 형제가 이사 오니 얼마나 든든한지 몰랐다.

용규 아저씨가 차린 비닐천막 고깃집 '무진장'은 한동안 손님이 없어서 고전했다. 그러나 길가에 대형 걸개를 매달아 꾸준히 알리고, 찾아온 손님에겐 정성을 다하다 보니 차츰 입소문이 퍼졌다. 삼년 째로 접어든 지금은 비닐천막 면적을 두 배로 넓혔는데도 주말이면 빈자리 없이 손님들로 꽉 찬다.

지난 초가을이었다. 엄마의 이름을 딴 은하 센터를 짓기 위해 첫 삽을 뜨던 날, 어울마당 풍물패 친구들이 와서 길놀이와 터다지기를 해주었다. 그때 덕산 강산 형제가 어른들과 어울려 악기 연주를 어찌나 잘 하던지 나는 무척 놀랐다.

"수수야. 이거 너희 엄마 건가 봐."

덕산 오빠가 치고 있던 꽹과리를 갑자기 나에게 주었다.

"어, 그러네?"

꽹과리 뒷면에 동글동글한 글씨체로 엄마 이름이 써져 있었다. 하은하.

엄마의 손때가 묻은 꽹과리를 만지자, 잊고 있던 기억들이 갑자기 소환되었다. 엄마 아빠와 살았던 흑석동 집, 부모님의 풍물 악기와 내 피아노가 놓여있던 지하 연습실, 어울마당 풍물패 가족들과 모꼬지를 하던 여름 계곡, 흥겨운 놀이판…….

엄마가 하늘나라로 떠난 후 아빠는 지하 연습실을 잠가버렸다. 풍물 악기도 다시는 만지지 않았다.

화안읍으로 이사 온 후에도 악기들은 창고에서 잠자고 있었다. 그런데 엄마의 꿈을 이룰 집을 짓는데 풍물굿을 해줘야 한다며 용규 아저씨가 풍물패 친구들을 불러 모았다. 그 덕분에 창고에서 잠자던 엄마의 악기들도 햇빛을 보게 된 거였다.

"이리 와, 수수야. 같이 꽹과리 치자."

덕산 오빠가 나를 풍물굿판으로 이끌었다.

"난 칠 줄 몰라, 오빠."

"어렸을 때 잘 쳤잖아."

"내가?"

"너희 엄마랑 휘몰이 상쇠 부쇠 주고받기도 잘 했어."

"진짜?"

엄마와 마지막 모꼬지를 함께 간 게 여덟 살이었나 아홉 살이었나.

그때까지 나는 풍물을 정식으로 배운 적이 없었다. 올록볼록한 계란판 등을 붙여 소음방지 장치를 했던 지하 연습실에서, 공연 전 꽹과리나 장구 연습을 하던 엄마 아빠 사이에서 같이 놀았을 뿐이다. 아마 모꼬지에서도 꽹과리를 가지고 잘 놀았던가 보았다.

"내가 하는 대로 따라만 해봐."

덕산 오빠가 다른 꽹과리를 가져와서 리드했다.

갱갱-갱갱,

갱개갱-갱개갱,

개개개갱-개개개갱…….

나는 홀린 듯 꽹과리를 따라 쳤다. 풍물패와 어울려 마당을 누볐다. 바로 뒤에선 강산이 신명나게 북을 치며 따라왔다. 둥두 둥두 둥두두두…….
오래 전 엄마와 함께 이렇게 웃으며 뛰었던 느낌이 살아났다. 꼭 엄마가 옆에 있는 것만 같았다.

'나도 풍물을 배워야겠어!'

내가 결심한 건 그 때였다.

그런데 풍물을 배울 수 있는 곳이 없었다. 아빠는 화안한 집을 운영하느라 바빴을 뿐더러 악기를 다시 잡을 생각도 없어보였다. 덕산 오빠한테 하소연을 했더니 오빠도 풍물을 배울 곳이 없어서 아쉽다고 했다.

"부천에는 초등학교랑 중학교에도 방과 후 학교 풍물반이 있었거든. 그런데 여긴 다 좋은데 풍물반이 없어서 불만이야."

"우리도 학교에 풍물반 만들어 달라고 해볼까?"

"방과 후 학교 설문조사 때마다 만들어 달라고 썼지. 근데 안 만들어 주던데? 원하는 사람이 더 많아야 된대."

"같이 계속 건의해 보자. 혹시 모르잖아."

그래서 작년 2학기 때 방과 후 학교 풍물반을 만들어 달라고 틈만 나면 학교에 요청했다. 설문조사 때도 쓰고 게시판에도 글을 올렸다.

그러던 참에 화안한 집 쪽에서 먼저 기회가 생겼다.

봄에 은하 센터가 완공되면, 개관식 날 화안한 집 당사자들이 잔치를 한다고 했다. (당사자란 조현병 환자들 자신을 가리키는 용어이다.) 무소 이모가 중심이 된 그림 전시 팀, 굼벵이 할배를 비롯한 농장 팀, 재석 삼촌이 주축이 된 부엉이 카페 팀 등으로 나누어 미리 준비를 시작했다.

"풍물놀이는 안 해, 아빠?"

"구도사가 하자고는 하는데, 당사자들끼리 제대로 될까? 공연을 할 정도가 되려면 누가 이끌어가야 하는데, 나도 바쁘고 용규도 바빠서."

"덕산 오빠랑 강산이가 하면 되잖아."

"걔들은 공부해야지. 공연하려면 화안한 집 식구들하고 계속 연습을 해야 될 텐데."

"물어보면 분명히 한다고 할 거야. 그리고 나도 같이 해 보고 싶어."

"네가?"

아빠는 말없이 나를 바라보았다. 혹시 안 된다고 할까봐 조마조마했는데 다행히 반대하지 않았다.

덕산 강산 형제와 용규 아저씨도 흔쾌히 찬성했다. 그래서 지난 가을부터 매주 두 차례 공연 연습을 해오고 있다.

공연 지도는 아빠가 맡았다. 아빠가 바쁠 때는 덕산 오빠가 연습을 주도했다. 구도사 아저씨가 쇠를 기막히게 치긴 하는데, 조현병 당사자이다 보니 컨디션 기복이 심했다. 연습을 하다가도 힘들면 그만 두고 사라져버리기 때문에 팀을 이끈다는 건 불가능했다. 그래서 덕산 오빠가 상쇠를 맡고 구도사 아저씨가 부쇠를 맡아, 있으면 좋고 없어도 되는 역할을 했다. 공연 당일 참가를 할 수 있을지 없을지 알 수 없기 때문이었다.

사회복지사 선생님과 나, 달나라 집 도우미 아줌마, 두 명의 당사자가 장구 파트를 맡았고, 강산과 네 명의 당사자가 북을 쳤다. 화안한 집에 거주하는 모든 당사자가 어느 팀엔가 참여하기로 했기 때문에, 사물 악기를 다루어봤거나 큰 소리에 덜 민감한 사람들이 풍물 팀에 들어온 거였다.

당사자들은 연습에 나왔다 안 나왔다 했고, 연습하러 나와서도 그냥 구경만 하다 가기도 했다. 그래도 뭐라고 하는 사람은 없었다. 풍물 팀뿐 아니라 다른 팀도 마찬가지였다. 오래 집중하는 게 힘든 당사자들의 특성상, 쉬고 싶을 때 언제라도 쉬는 게 화안한 집에서 장려되는 미덕이다.

풍물 연습에 푹 빠진 덕분에 지난 6개월은 어느 때보다 즐거웠다. 밝아진 내 모습을 고모할머니도 좋아했다.

"집에서도 한 번 쳐봐라, 수수야. 나도 좀 보게."

"공연 날 보여드릴 게요. 그때까지 참으세요."

"아이고 궁금하다. 우리 수수가 얼마나 잘할지. 은하 닮았으면 잘 할 거야. 암."

"엄마가 풍물 하는 거 봤어요?"

"봤다마다. 너희 아빠가 결혼 전에 복지관에서 같이 풍물 공연을 한다고 구경 오라고 해서 가봤지."

"그랬더니요?"

"너무 빼빼해서 처음엔 마음에 안 들었지. 몸이 약해보여서. 그런데 꽹과리도 잘 치고 설장구도 잘 놀고, 생긋이 웃는 모습이 여간 귀엽지가 않더라. 그래서 네 아빠가 반해서 풍물패에 다 들어갔구나 싶었지. 너도 알다시피 네 아빠가 음치잖니."

"박치가 아니라서 다행이죠."

그런 얘기를 하며 나와 고모할머니는 웃기도 했다.

오랫동안 우리 집에서 엄마 얘기는 금기였다. 일본 홋카이도에 갔던 엄마가 갑자기 세상을 떠난 건 내가 열 살 때였다. 충격에 빠진 아빠와 함께 일본으로 떠난 용규 아저씨가 현지에서 절차를 밟아 엄마를 화장했다. 해외에서 사망한 사람은 유골로만 돌아올 수 있기 때문이다.

장례식은 조촐하게 치러졌다. 장례식 후에도 엄마의 물건들은 변함없이 제 자리를 지켰다. 그러자 고모할머니는 어서 물건들을 치우라고 재촉했다.

"어떻게 그래요. 벌써."

고모할머니 말이라면 순순히 따르던 아빠였는데 그 말만은 듣지 않았다.

그러자 어느 날 고모할머니는 엄마의 물건들을 죄다 마당으로 꺼내놓았다. 나는 울면서 아빠에게 전화를 했다.

"아빠! 고모할머니가 엄마 거 다 버려! 엉엉…… 좀 말려줘. 빨리!"

놀라서 달려온 아빠는 고모할머니를 가로막았다.

"고모! 제가 그냥 놔두라고 했잖아요. 왜 마음대로 은하 물건에 손을 대고 그러세요? 엄마도 없는데 엄마 물건까지 없어지면 수수가 얼마나 힘들겠어요."

"떠난 사람은 빨리 보내주는 게 좋다. 은하를 위해서도, 수수를 위해서도 그게 좋아!"

"제가 알아서 해요, 고모!"

"수수 얼굴 좀 봐라. 어린애 얼굴이 저렇게 슬퍼 보여서야 되겠니? 어둡고 우울한 감정에 자꾸 젖어 있으면 마음에 습이 배고 기질이 돼."

"엄마를 잃었는데 슬픈 게 당연하죠! 나도 이렇게 힘든데."

"옥잠 언니가 그랬어. 새색시가 표정이 왜 그리 어둡고 슬퍼보이던지 볼 때마다 불안하더라. 그러더니 결국……."

"어머니 얘긴 왜 꺼내요?"

아빠가 화를 내며 벽을 쾅 치는 바람에 나는 무척 놀랐다. 아빠가 고모할 머니한테 큰소리를 친 건 그때가 처음이고 마지막이었다.

"난 수수가 은하처럼 밝고 씩씩했으면 좋겠어. 은하도 그렇게 키워주 길 바랄 거야."

고모할머니도 물러서지 않았다. 아빠는 잠깐 가만히 있더니 밖으로 나 가버렸다.

다음날 아빠는 엄마의 물건을 싹 정리했다. 버릴 것은 버리고 보관할 것 은 지하 연습실에 넣고 잠갔다.

울고불고하는 나에게 고모할머니는 말했다.

"엄마 보고 싶어도 참고 안녕히 가세요, 하고 보내드려야 돼. 그래야 엄 마가 편해."

내가 그 때 일을 다 기억하는 건 아니다. 그 무렵 일기장 속에 남아 있 는 단편적인 기록들과, 어른들의 이야기를 퍼즐처럼 맞추어 그려낸 추억 일 뿐이다.

그러나 산 사람이 너무 울면 죽은 사람이 하늘로 못 가고, 귀신이 되어 이승을 헤맨다고 했던 고모할머니의 말은 내 마음에 또렷이 박혔다. 그래 서 그 후로 엄마 얘기를 안 꺼내고, 엄마 생각도 안 하려고 애써 노력했다.

그런데 풍물 연습을 하게 된 뒤로 고모할머니와 자연스럽게 엄마 얘기를 나눌 수 있게 되어 무엇보다 좋았다. 5년이라는 세월이 흐른 덕분일 거다.

방과 후 학교 풍물반 개설 뉴스는 올해 최고의 소식이었다. 은하센터 개관식 공연이 끝나면, 풍물 연습도 끝날 게 미리 아쉽고 섭섭하던 참인데 말이다.

나는 점심시간이 되기만 기다렸다. 그런데 막상 덕산 오빠를 만나자 날벼락 같은 소릴 했다. 프로그램은 나왔지만 수강 신청자가 적으면 풍물반이 폐강될 수 있다는 거였다.

"왜? 설문 조사 때 희망자가 많아서 개설된 거 아니었어?"

"사실은 내가 친구들한테 부탁 했어. 설문조사 때 풍물반 신청 좀 해달라고. 애들이 많이 신청하니까 학교에서도 일단 프로그램을 만들어 준 거야. 근데 걔들 진짜는 수강 안 해. 3학년이잖아. 공부해야지."

"어, 진짜?"

"수강자가 최소 열 명은 넘어야 강좌가 열리잖아. 그런데 몇 명이나 신청할지 모르겠어."

"어떡하지?"

나는 걱정되었다.

방과 후 학교 개설 프로그램 중에 폐강 되는 과목도 많다. 작년에 나도 POP 강좌를 신청했지만 신청자가 적어서 못 들었다. 그때도 서운하긴 했으나 크게 아쉽지는 않았다. 하지만 풍물반이 없어지는 건 어떻게 해서든

막고 싶었다.

"무슨 방법이 없을까, 오빠?"

"그래서 생각해 봤는데, 우선 풍물 동아리를 만드는 게 좋을 거 같아. 네 명만 되면 자율동아리를 만들 수 있거든."

"그리곤?"

"이번 주에 동아리 홍보 기간이잖아. 교실을 돌면서 방과 후 풍물반 광고도 하는 거야. 방과 후 학교는 신청 기간이 다음 주까지거든. 잘 하면 수강생을 모을 수 있어. 그게 안 되면 동아리 활동이라도 우선 해보는 거고."

"좋은 생각이야, 오빠!"

나는 양손 엄지를 치켜들어보였다. 덕산 오빠가 애써 만들어낸 기회니까, 같이 노력해서 꼭 풍물반을 살려야겠다는 의욕이 샘솟았다.

화안중학교는 공부로 명문은 아니지만 활성화된 동아리 활동이 꽤 유명하다. 방학을 앞두고 동아리 발표회도 사흘이나 연다. 그 때는 가족뿐 아니라 지역민과 이웃학교에서도 구경을 온다.

작년에 내가 입학했을 때도 선배들이 번갈아 교실에 들어와 동아리를 홍보했다. 우리도 풍물 동아리를 만들어 효과적으로 알리면, 전교생 중에 관심을 가지는 학생이 열 명은 있을 것 같았다.

"자율동아리 신청서 출력해 왔어. 일단 의논해서 빨리 등록하자."

우린 머리를 맞대고 내용을 채워나갔다. 동아리 이름은 누가 봐도 풍물부임을 알 수 있는 '얼쑤!'로 정했고, 지도교사는 음악 선생님한테 부탁하기로 했다.

문제는 신청서를 접수하려면 덕산 강산 형제와 나 외에 부원 한 명이 당장 있어야 한다는 거였다.

"내가 구해볼게, 오빠."

"알았어. 부원 구해지면 바로 알려줘. 다른 부분 다 써놨다가 바로 신청할게."

"오케이."

나는 머릿속에 동구를 떠올렸다. 작년에 동구는 들어갈 곳도 오라는 곳도 없어서 동아리 가입을 못 하고 있었다. 애들이 많이 몰리는 축구부를 신청했다가 추첨에서 탈락했던 거다.

그래서 내가 아는 언니들이 하는 '음식 테라피' 동아리에 들어가게 도와주었다. 간단한 음식을 자유로운 모양으로 만들고, 자신이 만든 음식에 대해 이야기하며 마음 치유를 하는 동아리였다. 예상대로 동구는 누나들 틈에서 즐겁게 동아리 활동을 했다. 그런데 그 언니들이 다 졸업을 했기 때문에 동구는 올해 다른 동아리를 찾아야 할 거다.

'덕산 오빠랑 강산이랑 같이 풍물 하자고 하면 분명 좋아할 거야. 우리랑 늘 어울리고 싶어 했으니까.'

나는 낙관했다.

그런데 웬걸, 동구는 가차 없이 내 제안을 거절했다.

"난 PMC 동아리 할 건데? 이든이랑."

"PMC가 뭔데?"

"퍼스트 모터······아닌가? 뭐라고 했더라?"

동구는 고개를 갸웃하며 이든에게 달려가더니, 종이에 적어온 글을 읽어주었다.

"퍼스널 모빌리티 클럽. 개인 이동 수단 유저 클럽이야."

"그게 뭔데?"

"세그웨이나 나인 봇, 전동킥보드 같은 거 있잖아. 어저께 화성 행궁에서 동호회 사람들이랑 같이 탔거든. 진짜 재밌더라. 여자들도 많이 왔어. 누나들이 간식도 엄청 주는 거 있지."

동구는 입에 침을 튀기며 자랑을 했다.

"전동킥보드 동아리는 등록 못할걸? 그거 면허 있어야 탈 수 있대."

나의 말에 동구는 배를 잡고 웃었다.

"전동킥보드 타는 데 무슨 면허야. 초딩도 타는데."

"아니야. 수수 말이 맞아."

뜻밖에 인하가 거들었다.

"서울서 내 친구가 삼촌 전동킥보드 몰래 갖고 나왔다가 엄청 혼났어. 면허 없이 타다 경찰에 걸리면 벌금 문대."

"그런 말은 처음 듣는데?"

동구는 또 이든에게로 달려가서 물어보고 왔다.

"PMC는 학교 동아리 아니고 동호회래. 그리고 정해진 장소에서 타면 괜찮대."

"그럼 학교 동아리는 풍물부에 들어 와."

내가 다시 권했지만 동구는 고개를 저었다. 이든과 같은 동아리를 할 거라고 했다.

"무슨 동아린데?"

"밴드부."

"밴드부가 얼마나 들어가기 어려운데. 그리고 넌 악기 연주도 할 줄 모르잖아."

"왜 못해? 우리 교회에 청소년 밴드 새로 만들었거든? 나도 드럼 배우고 있어."

"진짜?"

"진짜지, 그럼. 너도 시끄러운 꽹과리 치지 말고 우리 밴드부 들어와, 옥수수."

나는 한 방 제대로 얻어맞은 기분이었다.

이든이 왜 동구와 단짝 노릇을 하는지도 의문이었다. 초등학교 때는 동구를 패거리에 끼워주지도 않았는데. 영국에서 썼던 이름으로 아예 개명한 것처럼, 이든은 딴사람으로 변신하기로 한 것일까.

'그나저나 빨리 부원 한 명을 구해야 되는데 어쩌지? 민서는 분명 댄스 동아리에 들어갈 테고……'

고민하며 둘러보다가 인하와 눈이 마주쳤다. 말도 없고 어두워 보이는 아이가 과연 풍물에 관심을 가질까 싶었지만, 밀져야 본전이다 싶어 물어보았다.

"인하야, 너 풍물 동아리 들어올래?"

"어……, 글쎄."

"사물놀이 안 해봤지?"

"초등학교 음악 시간에 해본 게 다야."

"그렇구나. 나도 작년부터 배우기 시작했어."

나는 에두르지 않고 솔직하게 털어놓았다.

"사실 자율동아리 신청하려고 하는데 지금 인원이 세 명 뿐이야. 한 명이 더 있어야 동아리 등록이 되거든. 혹시 우리 동아리에 들어와 줄래?"

인하는 잠깐 생각하더니 대답했다.

"못 해도 괜찮다면, 그렇게 할게."

"정말이지?"

"응."

"고마워. 덕분에 살았어!"

쉬는 시간이 되자마자 나는 덕산 오빠한테 달려갔다. 인하 얘기를 하자 덕산 오빠도 기뻐했다.

"잘 됐다. 이따 동아리 톡방 만들어서 걔도 초대해."

"알았어."

"공연 연습 때 그 애도 아예 오라고 하면 어떨까? 징이나 북 파트에 참가하면 될 거 같은데."

"화안한 집에?"

나는 머뭇거렸다.

"화안한 집이 좀 멀긴 하지? 교통도 안 좋고."

"그것도 그렇지만, 인하가 어떻게 생각할지……."

다른 장소에서 공연 연습을 한다면 당장 같이하자고 권할 것이다. 그런데 화안한 집은 조현병 환자들의 공동체이다. 조현병에 대한 사람들의 편견이 워낙 심하다 보니, 인하를 데려가도 괜찮을지 망설여졌다. 안 그래도 밤중에 괴성을 지르는 진주댁 아줌마 때문에 인하가 놀란 것 같던데.

"일단 좀 친해져야 할 거 같아."

"그럼 우리 동아리 단합대회 할까? 내일 수업 끝나고 무진장에서 밥 먹자고 말해봐. 강산이한테는 내가 말할게."

"알았어, 오빠."

교실로 달려가는 걸음이 구름 위를 걷듯 가벼웠다.

05

새로운 날의 시작

'풍물 동아리라니!'

수수와 친해질 마음에 덮어놓고 가입하겠다고 대답했지만, 다시 생각하니 내 자신이 좀 어이없고 한심하기도 했다.

형은 정신병원에 입원해 있고, 아빠는 파산했고, 부모님은 별거 중이다. 그런데 북 치고 장구 치는 풍물놀이 동아리라니. 악기도 다룰 줄 모르면서 말이다.

그런데 동구까지 나에게 졸라댔다.

"너 오늘 수업 끝나고 뭐해? 이든이 외삼촌 교회 놀러가자."

"나 교회 안 다녀."

"그러니까 놀러 가자는 거지. 청소년 밴드 만들 건데, 너도 같이 하자."

"오늘 시간 없는데."

"늦게 와도 괜찮아. 너희 집에서 가깝잖아. 은혜로운 교회까지."

"은혜로운 교회?"

나는 고개를 갸웃하며 물었다.

"거기가 이든이 외삼촌 교회야?"

"외삼촌이 목사님이야. 그런데 왜?"

"얼마 전에 거기서 자동차 도난당했다고 하던데, 범인은 잡았어?"

동구는 큰 눈을 껌벅거릴 뿐 무슨 소린지 알아듣지 못하는 눈치였다. 오히려 짝꿍 수수가 눈을 크게 뜨며 물었다.

"도둑맞았다는 차가 은혜로운 교회 거였어?"

"난 잘 모르는데. 이든이한테 물어봐."

동구가 큰 소리로 홍이든을 부르며 손짓했다.

"왜?"

이든이 천천히 다가왔다.

"외삼촌 교회 차 누가 훔쳐갔다며? 범인 잡았어?"

"아, 그거…… . 신고 취소했는데."

이든이 느리게 대꾸했다.

"왜?"

"전도사님이 깜빡 잊고 열쇠를 꽂아 놓으셨대. 문이 열려있으니까 누가 호기심에 몰아본 모양이라고, 신고 취소하라고 하셨어. 목사님이."

"역시 목사님이라 사랑이 넘치셔!"

동구가 과장되게 목청을 높이며 엄지를 치켜 올렸다.

"그러시겠지. 목사님인데."

긍정인지 부정인지 모를 묘한 말투로 이든이 말했다.

"열쇠가 꽂혀 있었다고 해도 남의 차를 몰래 끌고 가면 도둑 아냐?"

수수가 이든을 쳐다보며 따졌다.

"조사를 시작했으면 범인을 일단 잡은 뒤 용서를 하는 게 맞지 않나? 가드레일을 들이받아서 차도 망가졌다며? 수리비도 많이 나왔을 텐데 왜 신고를 취소해?"

이든의 표정이 굳어지자 동구가 끼어들어 말했다.

"야, 옥수수. 뭘 따지고 그러냐. 주인이 괜찮다고 하면 된 거지."

"범인으로 의심받은 사람은 어쩌고?"

"누가 의심받았는데?"

"신고한 사람들한테 물어보지 그래?"

수수는 이든을 거의 노려보았다.

"은수수, 너 옛날이랑 많이 달라진 거 같다."

"너는 옛날이랑 별로 달라지지 않은 거 같은데? 개명해도 소용없네."

수수의 대꾸에 이든의 눈빛이 살짝 흔들렸다.

"무슨 소리야. 이든이 엄청 커지고 멋있어져서 난 처음에 몰라봤는

데, 외제 차에서 내리는데 주위가 환해지는 게, 누가 조명을 비추는
줄 알았잖아. 영화배우가 나타난 줄 알았다니까."

동구의 너스레에 수수가 쏘아붙였다.

"넌 왜 그렇게 아무 생각이 없니?"

"내가 뭐?"

"관두자."

"사춘기네. 사춘기야."

수수가 휙 쩨려보자 동구는 입을 다물었다.

이든이랑 수수가 원래 아는 사이였다니 뜻밖이었다. 그동안 둘이
말을 주고받거나 아는 척하는 걸 한 번도 못 봤는데.

'수수는 이든이한테 왜 그러지? 괜찮은 애 같은데……. 교회에서
화안한 집 사람들을 의심한 것 때문에 그러나?'

교회 쪽에서 화안한 집을 조사해 달라고 경찰에 요청했다는 걸 알
게 되었다면, 수수가 기분 나쁠 만도 했다. 형 때문에 따가운 눈총을
받아보았기에 나는 수수를 이해할 것 같았다.

학교에서는 휴대폰 사용을 금지한다. 아침 조례 때 휴대폰을 걷어
서 교무실에 보관했다가 종례 때 돌려준다. 우리 반 휴대폰 관리 도우
미는 동구다. 자원봉사자에게 상점 2점을 준다는 선생님 말이 끝나기
무섭게 일등으로 손을 들어서 뽑혔다.

"어, 네 전화기 이든이 거랑 똑같네?"

내 휴대폰을 보고 동구가 눈을 크게 떴다.

"이거 되게 비싸다고 하던데."

푸른 휴대폰을 만지작거리는 동구의 눈에 부러움이 가득했다.

솔직히 비싼 브랜드에 비싼 모델이다. 명문 고등학교에 합격한 재하 형 덕분에, 중학교에 입학한 나도 고급 휴대폰을 아빠에게 입학 선물로 받았던 거다.

수업이 끝난 후 다시 휴대폰을 돌려받았다. 전원을 켜자 메시지 두 개가 떴다. 엄마가 보낸 거였다.

> 재하 방금 퇴원했어. 같이 집에
> 가는 길이야.

> 지금 집에 도착 했어.

드디어 형이 집에 왔다. 나는 반갑고도 착잡했다.

작년 이맘 때 학교 기숙사에서 지낸 것을 시작으로, 형은 암자로 굿당으로 정신병원으로 줄곧 집 밖을 떠돌았다. 분열된 정신으로 낯선 곳에서 낯선 사람들과 지냈을 형의 일 년은 어땠을까. 생각만으로 어쩐지 서늘하게 추워지는 느낌이었다.

집에 도착하니 맛있는 냄새가 진동했다. 엄마는 음식을 잔뜩 만들어 놓고, 푸른 채소들을 씻고 있었다.

"그게 다 뭐예요?"

"유기농 케일이랑 신선초를 사왔어. 녹즙이 재하 병에 좋다고 해서. 시골 동네라서 마트에 없을 줄 알았는데 로컬푸드 매장이 있더라. 싱싱하고 값도 싼 편이야. 정말 잘 됐어."

"형은요?"

"자고 있을 걸. 피곤하다고 쉬고 싶다고 하더라."

"네."

나는 이층으로 올라갔다. 형을 깨우고 싶진 않았지만, 궁금한 마음에 방문을 살그머니 열어보았다. 그런데 형은 창가에 서서 개울을 내다보며 담배를 피우고 있었다.

'형이, 담배를?'

나는 너무 놀랐다. 문을 열지도 닫지도 못한 채 서 있는데 형이 천천히 고개를 돌렸다.

"인하 왔니?"

형이 말을 하자 흰 연기도 같이 뿜어져 나왔다. 불어난 체중으로 두리두리해진 외모만큼이나, 담배를 비벼 끄는 모습도 낯설기만 했다.

"형, 담배 피네."

"응."

"언제부터 피운 거야?"

"병원에 입원해서."

"병원에서 못 피우게 안 해?"

"휴식 시간에 담배 한 대가 큰 낙이니깐……."

형의 말은 느리고 발음은 부정확하게 들렸다. 그렇기도 했지만, 나는 제대로 들은 것인지 귀를 의심했다.

"담배는 어디서 났어? 미성년자는 담배 못 사잖아."

"우리 방 아저씨들이 준 거야. 첨엔. 근데 계속 얻어 피우기 미안해서, 담배를 내 것도 사달라고 했지."

형은 무표정한 얼굴로 웅얼대듯 말했다. 나무늘보로 변신하는 중인 듯 움직임이 느리고 둔했다.

"형이 장애인 같아 보이지? 약이 독해서 그래."

내 생각을 알아채고 형이 말했다.

"말랐을 때보다 좋아 보이긴 하는데…… 뭔가 좀 변한 거 같긴 해."

"살이 쪘지. 정신과 약 먹으면 많이들 그래."

형의 눈빛은 전쟁터에서 돌아온 병사처럼 지치고 공허해 보였다. 지난 일 년 형이 겪은 고통은 나의 짐작보다 훨씬 더 컸던 거다.

"재하 깨어 있었네."

엄마가 문을 열고 들여다보더니, 녹즙을 갈아온다며 다시 방을 나갔다.

나는 형과 얘기를 더 나누려고 침대 가에 걸터앉았다. 그때 주머니에서 톡 알람이 울렸다. 수수가 풍물 동아리 방을 만들어 나를 초대한 거였다. 1학년 강산과 3학년 덕산 형이 반갑다는 인사를 건네 와서 나도 답인사를 했다.

덕산 형이 '축, 풍물동아리 얼쑤!'하고 자율동아리 신청 접수 완료를 알리자, 수수와 강산이 축하 이모티콘을 연달아 올렸다. 깨톡 깨깨 깨톡……. 쏟아지는 알람 소리에 나는 무음 처리를 했다.

형이 물끄러미 쳐다보기에 변명하듯 말했다.

"학교 동아리 방이야. 여기 중학교는 동아리 한 군데 꼭 가입해야 되거든."

"어떤 동아리야?"

"풍물. 내 짝이 부원이 없다고 가입해 달라고 해서."

"풍물?"

"사물놀이 비슷한 거야."

"잘했구나."

형이 단조로운 말투로 대꾸했다. 형의 얼굴이 가면처럼 무표정해서, 무슨 생각을 하고 있는지 가늠하기 어려웠다. 약의 후유증 때문인 것 같았다.

"나 땜에 시골로 와서 어쩌나 걱정했거든……. 그래도 잘 적응하는 거 같네."

표정이나 말투는 둔해졌지만, 항상 나를 먼저 챙기던 형의 마음은 그대로였다. 무엇보다 오랜만에 형과 정상적인 대화를 주고받는 것도 기뻤다.

"난 괜찮아, 형. 서울보다 여기가 마음 편해. 애들도 괜찮은 거 같아."

"다행이다."

"형, 아래층에 있는 자전거 봤어?"

"엄마가 보여줬어."

"우리 후인동 살 때, 형이 나 자전거 뒤에 가끔 태워줬잖아. 개천가 공터에서. 거기 봄에 되게 예뻤는데……. 개나리랑 벚꽃도 많이 피고. 거기서 몰래 뽀뽀하는 사람도 많았잖아."

"그랬지."

형의 눈빛이 부드러워졌다.

내 마음에는 희망이 피어올랐다. 재하 형이 다시 좋아질 수 있을 거라는 희망.

"형. 저기 자전거도로 보이지?"

"응."

"아래쪽으로 계속 달려가면 남한강까지 갈 수 있대. 나중에 같이 남한강까지 자전거 타고 갔다 오자."

기분이 좋아서 내 목소리는 저절로 높아졌다.

"무슨 재미있는 얘기들 하고 있니?"

엄마가 녹즙과 견과류를 쟁반에 담아왔다.

"약을 클로자핀으로 바꾼 뒤 훨씬 좋아진 거 같아. 재하 너도 그렇게 느끼지?"

"……아직 힘들어요."

"그렇겠지. 그런데 전보다 확실히 좋아졌잖아. 의사 선생님 말대로 복용량만 차츰 줄여 가면 정상적인 생활도 곧 할 수 있을 거야."

형은 대꾸 없이 고개를 돌려 창밖을 바라보았다.

"요즘은 조현병 약 먹으면서 학교 다니는 애들이 꽤 있대. 전에는 어른들이나 대학생들이 주로 먹었는데, 요새는 고등학생뿐 아니라 중학생도 조현병 약 먹는 애가 있다고 하더라."

"……."

"재하 너도 건강 어서 추슬러서 2학기엔 복학 해야지."

"아직 자퇴처리 안 했어요?"

"서두를 거 없잖니."

"자퇴 한다고 했잖아요. 왜 괜히 비싼 등록금을 내요?"

형의 목소리에 짜증이 섞였다.

"돈 걱정은 하지 마. 어떻게든 너 뒷바라지 할 수 있어."

"왜 내 말은 안 들어요?"

가면처럼 무표정하기만 했던 형의 얼굴이 일그러졌다.

"재하야. 내 생각엔, 시간이 좀 더 지나면……."

"왜 늘 엄마 아빠 마음대로예요?"

형이 갑자기 쟁반을 세게 쳤다. 컵이 엎어져 녹즙이 푸른 피처럼 흘러내렸다.

"아유, 이 아까운 걸……."

남은 녹즙을 황급히 챙기는 엄마를 형이 노려보았다. 형의 눈에 번뜩이는 분노를 본 나는 가슴이 철렁했다. 아프기 전 형에게서 한 번도 못 보았던 눈빛이었다.

"나중에 얘기해요, 엄마. 방은 내가 치울게요."

나는 떠밀 듯 엄마를 방에서 내보냈다. 문을 닫고 쏟아진 녹즙을 휴지로 닦았다. 그러는 동안 형은 팔짱을 꽉 낀 채 몸을 앞뒤로 흔들고 있었다. 나는 두려웠지만 조용히 형의 흥분이 가라앉기를 기다렸다.

얼마 쯤 지나자 형은 지친 모습으로 침대에 누웠다.

"형, 쉬고 있어. 이따 저녁 먹을 때 부르러 올게."

내가 방을 나가며 말했지만 형은 대꾸하지 않았다.

형의 급작스런 돌변과, 그 눈에 비친 강렬한 분노가 당황스러웠다. 조금 전에 가슴을 가득 채웠던 희망은 한낮의 이슬처럼 증발하고 없었다.

조현병에 걸리기 전 형은 엄친아였다. 공부 잘하고 잘 생기고 매사 반듯한 '엄마 친구 아들' 말이다. 그런데 조현병에 걸려 집에 온 후 형은 아빠를 경계하고 적대시 했다. 엄마한테는 그나마 덜했지만 가끔 날선 거부감을 드러낼 때가 있었다.

병에 걸려서 그런 줄로만 알았는데, 어쩌면 그게 아닐지도 모른다는 느낌이 들어 나는 더 막막해졌다.

가야 하나, 말아야 하나.

동아리 단합대회에 가자는 수수의 말에 나는 잠깐 고민했다. 학교 끝나면 빨리 집에 가서 형이랑 시간을 보내야 할 것 같았기 때문이다.

그러나 어차피 형은 집을 금방 떠날 수 없을 거다. 엄마는 형의 복학을 바라지만, 형 자신이 못 하고 안 한다고 하는데 가능할 리 없었다.

'어차피 동아리에 가입했잖아. 같이 활동해야 되니까 일단 만나보자.'

수업이 끝나고 나는 수수를 따라갔다.

읍내 번화가인 삼거리를 지나 외곽 쪽으로 좀 더 걷다가, 큰길 주유소 뒤편으로 걸어갔다. 그러자 공터가 나오고 허름한 옛집 처마에 걸려있는 '무진장' 팻말과, 입구 양쪽에 서 있는 천하대장군과 지하여장군이 보였다.

이런 구석진 곳에 식당이 있다는 걸 사람들이 알까 싶었는데, 안으로 들어가니 내부가 꽤 넓어서 놀랐다.

"아줌마, 안녕하세요?"

"수수 왔구나. 어서 오너라."

"얘는 인하라고, 같은 풍물 동아리예요."

"그래. 반갑구나."

일하고 있던 아줌마와 아저씨가 반겨주었다.

"여기야, 누나!"

안쪽 창가에서 꿀벌 티셔츠를 입은 아이가 손을 흔들어보였다. 고기 접시를 앞에 놓고 불판에 구울 준비를 하고 있었다.

"벌써 고기 굽게? 덕산 오빠 와야 밥을 먹지."

"어차피 형은 고기 안 먹잖아. 우리 먼저 먹고 있으래. 그래서 누나가 좋아하는 솔잎 돼지갈비를 미리 알아서 준비했지. 인하 형은 뭐 좋아해? 생고기도 가져올까?"

"아니. 괜찮아."

강산이는 붙임성이 좋았다. 혈색이 발그레 도는 피부에 표정도 밝았다.

"형, 이거 오징어 튀김인데 먹어 봐. 되게 맛있어. 수수 누나는 식혜 좋아하지? 내가 갖다 줄게, 가만히 있어 봐."

강산이는 주방으로 가서 맛난 반찬을 챙겨왔다. 불판도 알아서 갈고 고기도 먹기 좋게 구워서 잘라주는 솜씨가 꽤나 익숙했다.

"인하야. 채소랑 싸서 먹어봐. 유기농 채소라서 몸에 좋아. 화안한 농장에서 그날그날 가져오는 거라서 되게 신선해."

화안한 농장 이라는 소리가 내 귀에 쏙 들어왔다. 화안한 집 홈페이지에 농장 소개가 나와 있는 걸 봤다. 당사자들이 각종 채소를 길러서 자급자족하고 판매도 한다고 나와 있었다.

조현병 환자가 재배한 채소라고 생각하니 깻잎 한 장 오이 한 개도 어쩐지 예사로 느껴지지 않았다. 나는 상추에 고기와 양념 파채를 올린 다음 싸서 한입 먹어보았다. 배가 고플 때라서 그런지 고기도 채소도 꿀맛이었다.

"맛있지?"

"응. 진짜 맛있어."

"그러니까 무진장엔 안 와본 사람은 있어도, 한 번만 오는 사람은 없다는 전설이 있어. 너도 가족들이랑 와서 먹어."

"으응."

나는 얼버무리며 생각했다. 과연 그럴 수 있을까.

예전의 형은 눈빛도 맑고 표정도 풍부해서 첫인상만으로 사람들에게 호감을 주었다. 그러나 지금의 형은 딴 사람이 되었다. 눈빛은 공허하고 얼굴은 무표정하며, 말과 행동은 둔하고 느리다. 게다가 어떤 돌발 행동을 할지 예측하기 어렵다. 그런 형과 아직은 외식을 할 자신이 없었다.

고기를 거의 다 먹었을 때쯤 덕산 형이 왔다. 탄탄한 체격을 가진 강산과 달리, 덕산 형은 날렵하고 선이 가늘었다. 강산은 고기를 탐스럽게 잘 먹는 반면, 덕산 형은 손도 대지 않았다. 어릴 때부터 고기를 먹으면 체하고 아파서 자연스럽게 채식주의자가 되어버렸다며 물냉면만 한 그릇 먹었다.

"무소 이모가 포스터 시안 보내셨어."

휴대폰을 보던 수수가 반갑게 말했다. 태블릿 PC를 꺼내 포스터를 확대하자 흰 바탕에 빨강파랑노랑 삼색 띠로 시각화한 '얼쑤!'가 한눈에 들어왔다. 아래쪽에 화안 중학교 풍물 동아리라는 부제가 달려 있었다.

"역시 무소 이모 감각 짱이야."

"괜히 화가겠어."

아이들은 흥분해서 떠들었다. 내가 보기에도 포스터를 어디에 붙여 놓건 눈길을 끌 것 같았다.

"무소 이모도 전시회 준비로 바쁘잖아. 디자인 부탁하려니 되게 미안했어."

"맞아. 이모 그림도 그려야 되고, 다른 사람들 것도 봐주셔야 되잖아."

"그래도 부탁하길 잘한 거 같아. 전문가 손길이 닿으니까 완전 다르잖아. 이모가 시안 보고 수정할 거 있으면 빨리 말하래. 바로 고쳐 준다고."

"그럼 내일 출력할 수 있어?"

"응. 아침 일찍 포스터 뽑아 가려고. 그래야 동아리 홍보존 제일 좋은 자리에 붙이지."

다들 눈을 빛내며 홍보 포스터를 살폈다.

"근데 '방과 후 학교 풍물반 수강생 모집' 글자가 좀 작은 거 같아."

"맞아. 글자색도 눈에 확 띄었으면 좋겠어."

"나도 그 얘기 했는데 강조점이 나누어지면 효과가 반감된대. 그래서 이모가, 풍물반 모집 전단지는 따로 만들어서 나눠주는 게 어떠냐고 하시더라."

"오, 그거 좋은 아이디어다."

"나도 찬성!"

무슨 얘기를 하는지 나는 이해가 안 됐다. 어색한 표정으로 침묵하는 나에게 수수가 말했다.

"아, 미안. 너한테 풍물반 얘긴 아직 안 했지?"

"동아리 말고?"

"응. 사실은……."

수수가 자초지종을 말해주었다. 방과 후 학교 풍물반을 개설하기 위해 동아리를 먼저 만든 거라고 말이다.

"너도 방과 후 풍물반 들을 거지?"

"어, 글쎄."

"풍물 동아리인데 당연히 같이 연습해야지."

"형이 징 파트 맡으면 우리 넷이 사물놀이 해도 되겠다, 그치?"

"장구부터 배우긴 해야지. 기본이니깐."

대꾸할 겨를도 없이 나의 방과 후 풍물반 수강은 기정사실화 되었다.

방과 후 풍물반까지 한다고 하면 엄마가 뭐라고 할지 마음에 걸렸다. 형이 아프게 된 뒤, '너라도 열심히 공부해서 번듯한 대학에 들어가야지'라는 말을 종종 하는데 말이다.

그러나 풍물 동아리에 발을 들인 이상 연습을 해야 하긴 했다.

"알았어. 바로 신청할게."

내 대답에 모두의 얼굴이 어찌나 환해지던지 내 기분도 좋아졌다.

"전단지도 무소 이모한테 부탁할 거야?"

"내일 나눠주려면 지금 우리가 만들어야지. 각자 아이디어 내 봐."

"선착순 등록 6명에게 왕갈비 1인분 티켓을 주면 어때?"

신이 나서 말하는 강산에게 덕산 형이 웃으며 물었다.

"고기 값은 네가 낼 거야?"

"아니. 엄마 아빠한테 도와달라고 해야지."

"돈을 쓰는 건 아닌 것 같아."

"은혜로운 교회도 나오라고 화장지랑 사탕 주던데?"

"교회랑은 다르지. 우린 돈도 없고, 학생이잖아."

잠깐 생각하던 수수가 말했다.

"풍물 배우면 좋은 점을 웹툰 식으로 그려볼까?"

"유머러스하게 그리면 재미있어 할 거야. 전단지는 수수 네가 그냥 알아서 맡아줄래?"

덕산 형의 말에 수수가 고개를 끄덕였다.

"알았어."

"그나저나 홍보를 효과적으로 하려면 연주를 보여주는 게 가장 좋긴 한데, 악기 소리가 너무 커서 학교에서 못하게 할 거란 말이야."

"소리 안 나는 거 있어, 형."

"뭔데?"

"버나랑 상모돌리기. 버나는 우리 집에 없지만 상모는 있잖아."

"상모돌리기 하려면 공간이 있어야지."

"공간에 맞춰서 잠깐 시범만 보여주면 되잖아. 내가 해볼게."

버나. 상모. 소고. 언젠가 들어본 단어들이긴 했다. 그러나 나에겐 고대 왕릉에서 출토된 유물처럼 멀게만 느껴지는데, 셋은 아무렇지도 않게 사용했다. 학교 프로그램도 아니고, 성적과도 관련 없는 일에 눈을 반짝이며 집중하는 모습들이 신기했다.

"인하 너도 의견 말해 봐."

수수가 말했다.

"내가 뭘 알아야지."

"아무 거나 괜찮아. 그냥 떠오르는 대로."

나는 잠깐 주저하다 말했다. 포털 사이트에 동아리 인터넷 카페를 만들고, 주소를 포스터나 전단지에 넣으면 좋을 것 같다고. 그러면 동아리에 관심 있는 아이들이 카페를 찾아와서 살펴볼 수도 있고, 질문과 답변을 할 수 있을 거 같다고 했다.

"좋은 생각이야. SNS로도 풍물반 수강생을 모집하면 되겠다!"

수수가 반색했다.

"내가 페이스북이랑 인스타그램에 우리 동아리 카페 소개할게. SNS 하는 친구들 많으니까 공유해 달라고 하면 돼."

강산도 반겼고 덕산 형도 아이디어맨이 한 팀이 되었다며 기뻐했다. 사실 누구나 할 수 있는 생각일 뿐인데 다들 호의적으로 격려해 주었다. 혼자 지내는데 충분히 익숙해졌다고 생각했는데, 한 무리의 일원으로 받아들여지는 느낌이 뿌듯하고 기분 좋았다.

밀려드는 손님들로 식당 안이 북적거렸다. 우린 식당 입구 휴게실로 자리를 옮겨 회의를 계속했다. 웹 주소와 이름을 정하여 동아리 카페도 즉석에서 개설했다.

콘텐츠와 전단지 디자인에 대해서 한창 의논하는데 엄마한테서 톡이 왔다.

> 인하야, 어디니? 많이 늦어?
> 형이 너 안 온다고 걱정하네.

> 다 끝났어요. 곧 갈게요.

답장을 하고 시계를 보니 그새 세 시간 가까이 흘러 있어서 깜짝 놀랐다. 겨우 한 시간이나 된 줄 알았는데.

집으로 가는 버스 차창 밖 화안읍의 밤 풍경이 어쩐지 따뜻했다. 유난히 춥고 길었던 겨울이 끝나고 봄이 오고 있었다.

06

걱정 한다고 걱정이 없어지지 않아

학교 자전거주차대에 자전거를 세우고 나는 바구니에서 전단지를 꺼냈다.

"옥수수! 그게 뭐야?"

마침 등교하던 동구가 소리쳤다.

"잠깐만 이리 와 봐. 이거 교실까지 좀 들어줄래?"

나는 반가워서 전단지 꾸러미를 동구에게 안겼다.

"공짜로?"

"친구 좋다는 게 뭐냐?"

"우리가 친구였어? 처음 듣는 소식인데."

동구는 내가 들고 있는 홍보 포스터를 흘끔거렸다.

"화안중학교 풍물 동아리 얼쑤? 이게 너네 동아리 이름이야? 차라리 얼씨구라고 하지. 얼씨구 절씨구, 좋다!"

전단지를 들지 않은 한 손으로 동구는 덩실덩실 춤추는 시늉을 했다. 등교하던 신입생들이 쳐다보며 킥킥댔다.

"재밌겠지? 너도 풍물반 들어오라니깐."

"이든이랑 가스펠송과 밴드 동아리 만들 거거든. 어제 교회에서 청소년부 밴드 연습하고, 애들이랑 악기 파트도 다 정했어. 난 드럼 담당이야. 두구두구두구⋯⋯."

동구는 비트박스 흉내까지 냈다.

"교회 청소년부 애들 많아?"

"고등학교 형들은 빼고, 중학생만 어제 일곱 명 모였어. 이든이가 학교서 동아리 부원 더 모집할 거래. 악기 하는 애들이랑, 아카펠라 할 애들도."

"밴드나 아카펠라 하려면 연습 많이 해야 되지 않아?"

"수요일, 토요일 청소년부 시간에 연습하고 있어. 학교에서도 활동 하라고 이든 엄마가 악기도 기증해 주신대. 하나님 사업이라고."

"이든이 위한 사업이겠지."

내가 픽 웃자 동구가 말했다.

"너 요새 엄청 까칠해졌다? 혹시 중2병에 걸린 거야?"

"너야말로 요즘 신바람이 난 거 같은데? 이든이가 너한테 잘해주는 이유는 뭐래?"

"유치원 때부터 토박이 친구잖아. 중간에 전학 온 너랑은 다르지."

"그럼 종민이는?"

동구의 얼굴에서 웃음기가 걷혔다.

"갑자기 종민이 얘기는 왜 꺼내는데?"

"종민이 아픈 거 알아?"

"걔 원래 아팠잖아. 소아우울증."

"정말 그렇게 생각해? 걔 어렸을 땐 너랑 친했다며?"

동구는 흠칫하며 내 눈길을 피했다.

"그게 너랑 무슨 상관이야?"

기분이 나빠진 듯 동구는 전단지 뭉치를 땅바닥에 툭 내려놓았다.

"들어다 주기 싫어. 네가 갖고 와."

쿵쿵대며 걸어가는 동구의 등 뒤에서 내가 말했다.

"종민이 소식 궁금하지 않아? 걔 냉동인간 병 걸렸대."

"그게 무슨 병인데?"

동구가 돌아서며 물었다.

"스트레스 받으면 냉동한 것처럼 굳어버린대. 병명은 따로 있지만 아무튼 사람들이 그렇게 부르더라."

"그런 병이 있다는 말은 처음 들어 봐."

"진짜야. 건강센터 유 선생님이랑 무소 이모가 얘기하는 거 들었어. 어쩌면 정신병원 입원해야 될지도 모른대."

"안 됐네."

"종민이가 왜 그렇게 되지 알아? 마음의 상처가 계속 쌓여서 그렇대."

"그 얘길 왜 나한테 하는데? 내 책임이라는 거야?"

동구가 얼굴을 붉히며 나를 노려보았다.

"아니. 네 책임 아닌 거 알아. 그냥, 조심하라고."

"뭘?"

"진태. 아니 이든이."

동구는 할 말을 찾지 못한 듯 씩씩대더니 돌아서 가버렸다. 나도 더 이상 뭐라고 하진 않았다. 동구에게 그동안 하고 싶었던 말을 기어이 했으니까.

그 사건 이후, 종민이는 먼 시골에 있는 대안학교로 보내졌다. 초등학교 와 중고등학교 과정까지 있는 곳이라고 했다. 종민이 부모님도 이웃 호연 시에 지은 장애인 임대 아파트에 들어가게 되어, 나도 종민이를 까맣게 잊 고 지냈다.

그런데 지난여름 화안한집에서 정신건강복지센터 유순애 팀장을 만났 을 때 종민이 얘기가 나왔다. 건강이 안 좋았던 종민이 아빠가 그 사이 돌 아가셨고, 학교에서 종민이도 데려가라고 한다고 했다.

유 팀장이 종민이 담임 선생님과 얘기를 나눠보니, 종민이가 긴장하면 숨을 안 쉬고 몸이 굳어버리는 증세가 나타난다고 했다. 학교에서 보살펴 주는 데는 한계가 있으니, 가족들이 데려가 필요한 치료를 해주라고 했다 는 거였다.

"나 폐쇄 병동에서 그런 사람 본 적 있는데……. 설마 냉동인간 병은 아 니겠지. 아직 어린데……. 아마 다른 병일 거야."

무소 이모가 굳어진 얼굴로 말했다.

무소 이모는 조현병 급성기에 여섯 번 강제입원 당한 전력이 있다. 냉동인간으로 통하던 그 환자를 본 것은 다섯 번째 입원 당했던 병원에서였다고 했다.

긴장성 정신분열. 스트레스를 받으면 의식은 있는데 몸이 완전히 굳어버리는 병이라고 했다. 그때마다 병동 환자들이 달라붙어 몸을 주무른다, 간호사가 달려와 주사를 놓는다, 난리가 났다고 했다. 그 순간이 지나면 거짓말처럼 몸이 다시 따뜻해지고 부드러워졌지만, 긴장증이 심하면 그대로 죽어버리는 사람도 있다는 말을 이모는 들었다고 했다.

"아빠가 돌아가셔서 종민이가 평소보다 스트레스 지수가 높아서 그런 걸 수도 있대. 괜찮아질 수도 있으니, 일단 학교에서 좀 더 지켜보자고 얘기가 됐나 봐."

한참 뒤에 무소 이모가 나한테 말해주었다. 종민이를 집으로 데려 와봐야, 정신지체인 엄마가 학교 선생님들보다 잘 보살핀다는 보장이 없기 때문이라고 했다.

은하센터 설계도면에 청소년실을 넣은 것도 회의 때 종민이 얘기가 나와서였다. 당장 어린이와 청소년을 위한 프로그램을 열기는 어렵더라도, 일단 공간을 마련하자고 결정이 된 거였다.

그 후로 잠잠해서 종민이가 괜찮아졌나 했다. 그런데 얼마 전 종민이 엄마가 다시 화안읍으로 이사를 왔고, 화안한 농장에서 일도 하게 되었다. 그래서 종민이 소식도 듣게 되었는데, 정신과 병원에서 정기적으로 치료를 받고 있다고 했다.

이든이라는 이름으로 진태가 돌아오더니, 종민이까지 조만간 화안읍으로 다시 오게 될지도 몰랐다. 4년 전에 다 지나가버린 일인 줄 알았다. 그런데 자석에 이끌리는 쇳조각들처럼 다시 한 자리로 모여드는 인연이 나는 어쩐지 불길했다.

학교에서 허용한 동아리 홍보활동 기간은 사흘이었다. 그 중에서 첫날 첫 시간부터 홍보 활동에 나선 동아리는 '얼쑤!'가 유일했다.

"1학년 8반부터 들어갈 거야. 빨리 가자, 인하야."

"나도 가야 돼?"

"당연하지!"

인하는 당황한 표정으로 나를 따라왔다. 덕산 강산 형제도 곧 도착했다. 우리가 교실로 들어서자 신입생들은 무슨 일인가하여 눈이 동그래졌다.

"나는 3학년 이덕산이야. 풍물 동아리 부장을 맡고 있어. 우리 동아리를 알리고 부원을 모집하려고 왔어. 3분만 시간을 내주기 바란다."

덕산 오빠가 칠판에 커다란 글씨로 '얼쑤!' 라고 쓰고, 다함께 읽어보자고 했다. 아이들이 국어책 읽듯 밋밋하게 읽자, 추임새 시범을 보인 다음 따라하게 했다.

"얼쑤!"

"좋다~!"

"잘한다!"

"허이!"

강산은 힘차게 따라했다. 나도 공연 연습을 하며 추임새를 넣어본 터라 그럭저럭 흉내를 냈다. 그러나 인하는 영 어색한 얼굴이었다.

"풍물은 누구나 쉽게 배울 수 있고, 일단 해보면 되게 재미있어. 백문이 불여일견이니 간단하게 보여줄게. 사물 악기로 해야 진짜 멋진데, 교실에서 시끄러우니까 상모돌리기만 잠깐 보도록 하자."

덕산 오빠가 탁자를 옆으로 밀어놓고 타악기처럼 두드리기 시작했다. 그러자 강산이 흥겨운 몸동작으로 상모를 돌렸다. 공간이 없다보니 오금 치기나 옆치기 등 자유로운 움직임을 보여줄 수는 없었지만, 허용된 공간 안에서 상모를 자유자재로 돌리자 환호성이 터져 나왔다.

"이번에 방과 후 학교 풍물반도 새로 생겼어. 우리 악기 하나쯤 배워두면 인생이 달라지거든? 사물놀이를 해본 적 있거나 배우고 싶은 사람은 방과 후 학교 꼭 신청하기 바란다."

덕산 오빠의 말이 끝나자 나는 재빨리 전단지를 나눠주었다.

"여기 풍물 동아리 카페 주소 있으니까 들어와서 구경해."

전단지 뭉치를 들고 어정쩡하게 서 있는 인하에게도 아이들이 손을 내밀었다. 그제야 인하는 쭈뼛대며 전단지를 나눠주었다.

홍보는 반 분위기에 따라서 다르게 이루어졌다. 강산의 반에서는 직접 상모돌리기를 해보고 싶어 하는 긴 체험 줄이 생겼다. 또 다른 반에서는 연주 요청이 들어와서, 악기 대신 책상과 꽃병, 나무상자 등 교실에 있는 사물을 연주하는 즉석 공연도 했다.

"인하야 너는 탁자를 손으로 이렇게만 두드려. 세게 한 번 가볍게 한 번.

둥두, 둥두, 둥두……. 이렇게만 계속하면 박자가 맞아."

"나, 나도?"

인하가 당황했지만 모르는 척했다. 그 정도는 충분히 맞춰줄 수 있을 테니까.

"허이!"

덕산 오빠가 신호를 하자 별달거리를 연주했다.

덩덩 궁따궁 궁따궁따궁따쿵

궁따쿵 궁따쿵 궁따궁따궁따쿵……

꽹과리, 징, 장구, 북으로 하는 연주에 비길 수는 없지만, 흥겨운 몸짓과 교실 안 평범한 사물들이 내는 뜻밖의 조화로운 소리에 아이들의 눈은 반짝였다.

"잘 했어, 인하야. 박자 감각 좋던데?"

교실로 돌아오며 인하에게 말했다.

"나 땜에 이상한 소리 날까봐 엄청 긴장했잖아. 아직도 정신이 하나도 없어."

비로소 긴장이 풀렸는지 인하가 빙긋 웃었다. 무언가 걱정이 있는 듯 늘 어둡던 얼굴이었는데 웃으니 보기가 좋았다.

걱정 한다고 걱정거리가 없어지는 건 아니다. 그러니 힘든 일이 있는 중에도, 다른 데 정신을 팔면서 현실을 잠깐 벗어나는 것도 좋다.

엄마가 하늘나라로 떠난 뒤, 무소 이모는 툭하면 길 안내를 요구했다. 겨우 열 살 밖에 안 된 나에게 말이다. 이모가 활동하는 조현병 당사자 문화 단체 '담쟁이풀' 사무실이 우리 집에서 그리 멀지 않은 게 문제였다.

"수수야. 이모 예술의 전당에 가야 되는데 같이 좀 가주면 안 될까?"

"나가기 싫어, 이모."

"그러지 말고 좀 부탁해. 이모 대중교통 잘 못 타는 거 알잖아."

조현병 환자이지만 무소 이모는 자신의 병을 스스로 잘 관리했다. 인생의 밑바닥까지 떨어진 끝에 마침내 병과 화해하고 공존하게 되었다고 이모는 강연 때마다 말한다.

아무튼 이모는 당사자 인권에 관한 글도 기고하고 그림 전시도 하고 강연도 부지런히 다녔다. 그런데 딱 하나 대중교통 이용에는 늘 어려움을 겪었다. 특히 소음이 큰 지하철을 혼자 타고 다니는 건 불가능에 가까웠다. 조현병을 앓은 후 예민해진 청각으로 온갖 소리가 증폭되어 뇌가 울린다고 했다. 복잡한 미로 같은 지하철 출구와 노선 등을 찾아내는 능력도 떨어져서, 패닉에 빠지면 방향감각을 아예 잃어버리기 일쑤였다.

엄마가 살아있을 때는 자동차로 이모를 목적지에 자주 태워다 주곤 했다. 그런데 엄마가 세상을 떠나자 이모는 어린 나에게 자꾸 도움을 청했다.

"그렇게 해, 수수야. 바람도 쐴 겸 이모 도와드리면 좋잖아."

고모할머니도 떠밀다시피 나를 내보내곤 했다.

이모가 간 곳은 무료 전시나 공연이 열리는 곳들이었고, 특히 그림을 자주 보러 다녔다. 건축을 전공하고 설계사무실에서 캐드 설계를 했던 이모는, 조현병에 걸린 후 정교한 설계를 할 수 없게 되었다. 대신 정신병원 입원 중에 그림치료를 받으면서 그림에 푹 빠지게 되었다. 조현병 환자들과 공동 전시회도 몇 차례 했고, 그 무렵에는 개인전을 준비하고 있었다.

0월 00일
무소 이모는 너무하다.
가기 싫은데 또 인사동에 데리고 갔다.
이모는 내 생각은 하나도 안 해준다.
우리 엄마 생각도 안 하는 것 같다.
자기 전시회만 생각한다.
다음에는 절대 같이 안 갈 거다.

그때 일기장에는 이모에 대한 원망이 간간이 써져 있다.

그러나 지금은 나도 알고 있다. 엄마 잃은 내가 집에 틀어박혀 있지 않도록, 어른들이 번갈아 나를 데리고 외출했다는 것을.

"그때 나도 진짜 모험이었어. 너까지 데리고 멀리 가는 거."

무소 이모는 가끔 그때 얘기를 한다.

지하철이라도 타면 이모는 정말 어쩔 줄 몰랐다. 그래서 내가 목적지와 노선을 확인해야 했기 때문에 정신을 바짝 차려야 했다. 목적지에 도착할 때까지 이모의 보호자 노릇을 하다보면 딴 생각을 할 겨를이 전혀 없었다.

그러다 여름방학이 되자마자 나는 몽골의 외삼촌 집으로 보내졌다. 게

르형 게스트 하우스를 하는 외삼촌은 일 년 중 가장 바쁜 철을 보내고 있었다. 그래서 이웃의 몽골 소년 잉헤가 어른들 부탁으로 날마다 나와 시간을 보내주었다.

하루도 엄마 생각을 하지 않은 날은 없었다. 하늘만 쳐다봐도 눈물이 났다. 한국보다 더 넓고 가까운 테를지의 하늘은, 언덕만 올라가면 손이 닿을 것처럼 보여서 더 그랬다.

그렇지만 목장에서 눈이 순한 소와 낙타를 볼 때나, 말을 타고 초원을 달릴 때면 엄마 생각을 까마득히 잊어버렸다. 잉헤네 게르에서 양젖 치즈와 마유를 맛보고, 한국의 서낭당 같은 어워에서 엄마를 위해 기도하고, 몽골의 노래와 모린호르 소리에 자주 마음을 빼앗기면서 나는 엄마 없는 세상에 적응해갔다.

종례가 끝나고 휴대폰을 켰다.

'오늘은 몇 명이나 가입했을까?'

얼쑤 카페를 들여다보는 일은 새로 생긴 즐거움이다.

"우와, 세 명이 더 늘었네? 우리 카페 회원이 열네 명이나 됐어."

나는 반색하며 인하를 바라보았다.

그런데 자기 휴대폰을 들여다보는 인하의 표정이 어두웠다. 집에 얼른 가봐야 될 거 같다며 서둘러 교실을 떠났다.

'무슨 일이 생겼나?'

인하의 얼굴에서 사라지지 않는 그늘이 마음에 걸렸다.

카페 회원이 늘어난 건 좋은 신호였다. 풍물반 개설이 가능하리라는 희망이 솟구쳤다. 신규 회원 여섯 명이 일학년인 걸 보니 강산의 SNS 활약이 컸던 것 같다. 이 학년 두 명과 삼 학년 한 명도 가입했고, 또 한 명은 여자 어른이었는데 모르는 사람이었다. 인터넷 서핑을 하다 관심이 생겨 가입한 일반인이거나 또는 학부모인지도 몰랐다. 상관은 없었다. 인터넷 카페엔 누구나 가입할 수 있으니까.

소율
이강산 친구예요. 풍물 동아리 신청하려고 들어왔어요.

> **수수꽃다리**
> 환영합니다! 얼쑤 동아리 다섯 번째 부원이 되셨습니다.

엑소맨
저도 풍물 동아리 가입 신청합니다. 저는 초등학교 때 난타를 배웠는데 화안 중학교엔 난타 동아리가 없어서 아쉬워요ㅠㅠ

> **수수꽃다리**
> 추카추카. 얼쑤 동아리 여섯 번째 부원이 되셨습니다. 이번 기회에 풍물을 해보시면 매력에 푹 빠지실 거예요. <방과 후 학교 풍물반>에서 함께 연습해요!

나는 틈만 나면 방과 후 학교 풍물반을 깨알 홍보했다.

SNS 공유 기능 덕분에 카페를 둘러보는 애들이 꽤 있는 듯, 방문자 수가 계속 올라가고 있었다.

'뭐라도 볼거리가 있어야 될 텐데.'

나는 서둘러 카페 콘텐츠를 만들고 내용을 채웠다.

<얼쑤 소개>는 자율동아리 신청서 양식에 덕산 오빠가 썼던 글을 정리해서 올렸고, <풍물 자료실>에는 풍물에 대한 지식과 정보를 검색하여 퍼 날랐다.

<방과 후 풍물반>은 수강생 모집 홍보 전단 이미지를 확대해서 올리고, '풍물을 배우면 좋은 점' 같은 항목도 더 추가했다.

"사진도 좀 있으면 좋을 텐데."

나는 드롭박스를 열었다. 은하센터 기공식 때 풍물패 사진을 찍어 저장해 둔 게 생각났기 때문이다. 덕산 강산 형제가 풍물패와 어울려 뛰노는 사진을 몇 장 골랐다. 내가 엄마의 꽹과리를 치는 사진도 있었다. 무소 이모가 찍어서 보내 준 거였다.

덕산 강산 형제는 번갈아 동아리 카페에 들락거렸다. 수시로 채팅을 하며 잡담도 했다. 그러나 인하는 한 번도 들어오지 않았다. 동아리 톡 방에 쓴 글들도 읽지 않았다.

처음 만든 동아리 치고, '얼쑤!'는 꽤 성황을 이루었다. 신입 부원이 일곱 명이나 들어왔으니까. 그 중 다섯 명이 방과 후 풍물반 수강 신청도 했다. 모두 아홉 명. 만약 한 명이 부족해서 개설이 어렵다면, 덕산 오빠 친구가 이름을 빌려주기로 했다. 풍물반 프로그램이 마침내 개설되게 된 거다.

그토록 바랐던 일이 이루어지게 되었지만 나는 마음 놓고 즐거워할 수가 없었다. 교실 모둠 분위기가 엉망이었기 때문이다.

민서는 작년처럼 방송댄스 동아리 가입 신청을 했다가 추첨에서 떨어졌다. 항상 붙어 다녔던 네 명 중에서 혼자만 탈락한 거다.

그냥 떨어지기만 했으면 괜찮았을 텐데, 부장 언니한테 뇌물을 주려 했다가 동아리 언니들한테 된통 당했다는 소문도 들렸다.

민서는 한 세트로 붙어 다니던 '라이징스타'에서도 제외되었다. 점심시간이면 넷이 항상 모여서 밥을 먹더니, 민서 말고 다른 여자애가 그 자리를 차지했다. 넷이 점심 먹고 춤 연습을 따로 한다고 했다.

민서는 처음에 함께 앉았으나 불편한 기색이 역력하더니, 엊그제는 그 애들과 다투고 한참 울고불고 했다.

"민서야, 왜 그래? 누가 그랬어? 내가 혼내 줄게. 우가우가!"

동구는 민서를 달래준답시고 우스꽝스러운 표정으로 설레발쳤다.

'아이구, 저렇게 눈치가 없을까!'

나는 한숨이 나왔다.

친한 친구들에게서 따돌림 당하는 여중생의 마음처럼 끔찍한 지옥이 있을까! 그런데 꼬맹이 달래듯 하는 둔감함이라니. 민서를 좋아하는 자신의 감정에만 충실할 뿐, 정작 민서의 감정을 헤아리는 공감 능력이 꽝인 동구가 딱하기만 했다.

그때만 해도 동구는 자못 들떠 있었다. 이든이 가스펠송과 밴드 자율 동아리를 만들었고, 동구는 홍보부장 역할에 바빴다. 영어 찬송가도 배우고 밴드도 한다는 광고에, 교회 다니는 아이들과 영어를 좋아하는 아이들이 관심을 보였다. 동아리 부원이 열세 명이나 된다고 동구는 자랑이 대단했다.

그런데 어젯밤에 일이 터졌다.

밤 아홉 시가 넘어서 동구 할머니가 우리 아빠한테 전화를 했다.

"예? 동구가요? 경찰서에요? 왜요? 아, 예예……. 너무 걱정 마세요. 횡단보도에서 부딪쳤으면 그렇게 심각한 부상은 아닐 거예요."

나는 놀라서 물었다.

"무슨 일이야, 아빠?"

"동구가 킥보드 타다가 사람을 치었는가봐. 호연 경찰서에서 보호자가 와서 데려가라고 연락이 왔대. 동구 할머니가 심장이 벌렁거린다고 같이 좀 가달라고 하시네."

"누가 다친 거야?"

"그런가봐. 구급차에 실려 갔다는데. 허어, 그것 참."

아빠는 서둘러 외출복으로 갈아입고 밖으로 나갔다.

"운전 조심하고 천천히 다녀 와."

초저녁잠에서 깬 고모할머니가 걱정스런 얼굴로 배웅했다.

"에그. 삼례 형님은 팔자도 참. 남편이 속 썩여, 아들이 속 썩여, 손자 하나 보고 사는데……. 동구는 이 늦은 밤중에 호연시엔 왜 갔다니?"

"그러게요."

동구가 밤중에 그 먼데까지 혼자 갈 아이는 아니었다. 전동킥보드 사고라니 아무래도 이든과 같이 간 게 아닐까 싶었다.

그래도 이상하긴 마찬가지였다. 화안에서 호연 시내까지는 버스로 사십 분 정도 걸린다. 화안천 옆 자전거도로가 거기까지 이어져 있는 것도 아니고, 전동킥보드를 타고 가기에는 너무 멀고 위험한 거리다.

'밤중에 호연시엔 왜 갔을까. 전동킥보드까지 가지고?'

도무지 짐작이 안 갔다.

다음날 아침을 먹으며 아빠에게 물어보았다.

"동구는 괜찮아, 아빠?"

"많이 놀랐지 뭐. 일단 데리고 오긴 했는데. 해결하려면 골치가 꽤 아프겠어."

"왜?"

"전동킥보드는 교통사고 규정에 따라 처리한다는구나. 횡단보도에서 난 사고는 11대 중과실이라 형사처벌을 받아야 된단다. 만 14살 생일이 지나서 촉법 소년에도 해당이 안 되고."

"그게 무슨 말이야, 아빠? 동구가 잡혀 간다는 거야?"

"그 정도는 아니고 벌금이 나오겠지. 피해자 측에서 형사합의를 해주면 미성년자라서 훈방 조처로 끝날 수도 있고."

"잘 됐으면 좋겠다. 동구네 돈도 없을 텐데."

"형사합의가 돼도 민사배상은 동구가 해줘야 돼. 병원비가 얼마나 나올지 모르겠지만, 크게 안 다쳤기만 바라야지. 보험이 있는 것도 아니고, 생돈을 물어줘야 될 텐데."

"어휴. 어떡해……."

나도 저절로 한숨이 나왔다.

"근데 아빠, 동구는 호연에 왜 갔대?"

"컴퓨터 부품 사러 갔다던데. 디지털 핫플레이스에. 학교 과제 때문에 메모리 업그레이드를 해야 돼서."

거짓말이었다. 촌각을 다투어 컴퓨터 작업을 해야 할 학교 과제 같은 건 없다.

디지털 핫플레이스는 최신 전자기기와 부속품 판매처로도 유명하지만 그보다는 같은 건물의 최신 VR 게임존이 더욱 인기 있다. 건물 뒤편에 도시공원이 조성되어 있는데, 거기서 전동킥보드를 타는 사람들도 본 적 있다. 아무리 생각해도 동구가 이든이랑 거기 놀러 간 게 아닐까 싶었다.

"아빠. 동구랑 딴 애도 같이 있었대?"

"아니. 동구 혼자 갔다고 하던데."

"흠……."

밤중에 혼자 버스를 타고 먼 호연시에 간다? 전동킥보드까지 가지고? 상식적이지도 않고 동구답지도 않았다. 뭔가 확실히 수상쩍었다.

07

위태로운 걸음

휴대폰을 켜자마자 엄마가 보낸 메시지가 세 개나 떠서 나는 가슴이 철렁했다.

> 아직 수업 안 끝났니?

> 학교 끝나면 바로 집에 와. 형이 사라져서
> 주변에 찾아보고 있는데 안 보여.

> 주변에 다 찾아봐도 없는데 어쩌지?
> 경찰에 연락해야 될까?

마지막 메시지는 20분 전에 왔다. 아직 연락이 없는 걸 보면 여전히 찾고 있는 모양이었다.

"우와, 세 명이 더 늘었네? 우리 카페 회원이 열네 명이나 됐어."

수수는 동아리 카페를 들여다보며 기뻐했다. 아무런 근심걱정 없어 보이는 수수를 보며 나는 기시감을 느꼈다. 같은 공간에 있지만 다른 세상을 살고 있는 것 같았던 작년의 친구들.

나는 급한 일이 있다고 하고 서둘러 교실을 나왔다. 운동장을 걸어가며 엄마에게 전화를 걸었다. 신호음은 가는데 받지 않았다. 몇 번이나 다시 해봐도 마찬가지였다.

> 지금 집에 가고 있어요. 형 아직 못 찾았어요?
> 없어진 지 얼마나 된 거예요?

> 냉장고 옆에 경찰 명함 붙어있어요.
> 혹시 모르니까 연락해 보세요.

> 문자 보면 연락주세요. 걱정되니까요ㅠㅠ

톡을 연달아 했지만 엄마는 읽지 않았다.

'무슨 일이지? 혹시 저번처럼 급성 상태가 된 걸까? 아니면 무슨 사고라도?'

버스를 기다리는 몇 분이 몇 시간처럼 길었다.

불안해진 나는 하노이에 있는 아빠한테 스카이프 전화를 해봤다.

"여보세요."

"저예요. 아빠."

"어, 그래. 인하구나. 어쩐 일이냐?"

아빠의 목소리는 높았고 기분도 좋은 것 같았다. 엄마한테서 별다른 연락을 받지 않은 모양이었다.

"그냥, 궁금해서요."

"아빠 걱정 해주는 사람은 너밖에 없구나. 아빠 잘 지낸다. 잘하면 이쪽에서 다시 사업을 시작할 수 있을 거 같아. 관심을 보이는 투자자가 있거든. 부자들이 괜히 부자가 되는 게 아니야. 돈이 될 만한 일을 알아보는 눈이 있단 말씀이야……."

아빠는 사업 얘기를 길게 늘어놓았다. 형은 어떤지, 가족들이 어떻게 지내고 있는지는 물어보지도 않고.

"조만간 다시 일어설 테니 두고 봐라, 인하야. 아빠가 돈 벌어서 뒷받침해줄 테니 넌 지금부터라도 공부 열심히 해. 너희 형이 공부하긴 틀렸으니 너라도 해야지. 아빠는 돈이 없어서 S대 합격을 하고도 못 갔지만, 너는 무슨 일이 있어도……."

"아빠, 잠깐만요. 버스가 와서요. 나중에 다시 통화해요."

나는 숨이 막힐 것 같아 전화를 끊었다.

아들이 망가지고, 동업자한테 배신당하고, 회사가 무너지는 엄청

난 일을 겪고도 아빠는 아직 변한 게 없었다. 여전히 자신의 사업, 자신의 일만 중요했다.

버스를 타고 가는 도중에 엄마한테 문자가 왔다. 형을 찾았고 함께 집으로 가는 길이라고 했다.

'휴우, 다행이다.'

나는 비로소 가슴을 쓸어내렸다.

내가 집에 도착하자마자 택시 한 대가 집 앞에 멈추었다. 엄마와 형이 차례로 내렸다.

"어떻게 된 거예요?"

"나중에 얘기하자. 형이 많이 피곤할 거야."

형의 몰골은 엉망이었다. 머리카락이 흐트러지고 누구에게 얻어맞았는지 입술은 터져 있었으며, 신발은 한 짝만 신고 있었다.

"형, 얼굴이 왜 이래? 누구랑 싸운 거야?"

"그런 거 아니야. 잘못해서 벽에 부딪쳐서 그런 거야."

엄마가 대신 대답했다. 형은 극도로 지친 모습이었다. 엄마와 내가 부축해서 간신히 침대에 눕혔다.

"인하야, 약통 좀 찾아올래? 형 소독약 발라주게."

"예."

"길을 잃고 그 먼 데까지 가서 헤맸으니 얼마나 놀랐겠어? 그러게 왜 말도 없이 담배를 사러 간 거야. 몸에도 안 좋은데 담배는 왜 배워서……."

"시끄러. 시팔!"

형이 짜증을 내며 돌아누웠다. 순간 방안에 정적이 흘렀다.

나는 방금 보고 들은 것을 믿을 수 없었다. 그 똑똑했던 형이 길을 잃다니. 그 반듯했던 형이 욕을 하다니!

"다 나가."

형이 갈라진 목소리로 말했다. 분노와 절망과 상실감이 뒤범벅이 된 목소리였다.

엄마가 뭐라고 말하려고 해서, 내가 얼른 팔을 잡아당겼다.

조금 뒤 나는 형의 책상 위에 생수와 귤을 갖다 놓았다. 소독약과 연고도 옆에 놓고 꼭 바르라는 메모를 남겼다. 후인동 시절 나한테 작은 상처라도 생기면 호호 불며 빨간 약을 발라주었던 형. 나도 그렇게 해주고 싶었지만 지금 형은 혼자 있고 싶어 했다.

일층으로 내려가니 엄마는 창가 테이블 의자에 앉아 개울을 내다보고 있었다. 서서히 내려앉는 어둠 때문에 낡고 남루한 정물처럼 보였다.

"형 무슨 일 있었어요?"

"경찰 때문에 놀라서 그래. 또 잡아가는 줄 알고 어찌나 겁을 내던지."

"경찰은 왜요?"

"주변에 아무리 찾아봐도 없어서 파출소에 전화를 했지. 네가 냉장고에 붙여놓은 명함 보고. 그랬더니 한 십 분 있으니 경찰이 왔더라.

안 그래도 양천리 쪽에서 신고가 들어왔대. 정신장애인이 주변을 왔다 갔다 해서 무섭다고."

엄마는 정신장애인이란 단어를 간신히 말했다. 나의 마음에도 서늘한 바람이 지나갔다. 누가 봐도 형이 확실히 정신장애인처럼 보이는구나 싶었다.

"그 동네는 왜 갔대요?"

"담배 가게를 찾느라 여기저기 가보다 길을 잃어버렸는가봐. 제 딴엔 개울만 따라오면 집을 찾을 수 있다고 계산한 모양인데, 양천리 쪽 개울을 화안천으로 착각했던 거지."

엄마가 경찰과 함께 가보니 재하 형이 맞았다. 그런데 순찰차를 보자 형이 기겁하며 도망쳤다. 경찰들이 쫓아가서 간신히 잡았는데, 병원에 안 간다고 소리치며 길길이 날뛰었다고 했다.

할 수 없이 엄마는 경찰들을 먼저 돌려보내고, 형이 진정 된 뒤에 콜택시를 불러서 타고 왔다고 했다. 엄마의 손등과 손목에도 부딪치고 멍든 자국이 가득했다. 강제입원의 공포 때문에 엄마도 밀어내는 형을 집으로 데려오기 위해 안간힘 쓰며 씨름했던 흔적이었다.

"형 담배는요?"

"지금 담배가 문제야?"

엄마가 어이없다는 표정을 지었다.

"담배가 문제죠. 담배를 사려고 형이 혼자 편의점 찾으려고 나갔잖아요."

"그러니까 말이야! 무슨 놈의 병원에서 환자 관리를 그렇게 했냐고. 미성년자를 골초로 만들어놓고."

"그러지 말고 엄마가 그냥 담배 사다 주세요."

"지금 무슨 소릴 하니? 담배가 얼마나 해로운지 몰라서 그래? 몸 상태가 좋아야 약도 효과가 있지. 엄마가 보약이랑 녹즙 챙겨 먹이느라 날마다 전쟁하는 거 보고도 그런 말이 나와?"

완강한 엄마를 보니 형의 답답함을 알 것 같았다. 그래서 주변 지리도 모르면서 담배를 사러 나섰구나 싶었다. 형은 병원에 '갇힌 뒤' 담배 한 대 피우는 게 유일한 낙이었다고 했다.

"엄마 말이 맞아요. 근데 형이 엄마한테 솔직하게 말 못하는 게 더 큰 문제라고 생각해요. 엄마한테 말해봐야 소용없다고 생각하니까, 아예 엄마한테 말 안 하는 거잖아요. 담배 피는 것보다 믿음이 없는 게 더 문제인 거 같은데……."

"그거야, 우리가 강제 입원시켰다고 오해를 해서 그러지. 어쩔 수 없었던 건데."

엄마가 풀죽은 표정으로 대꾸했다.

"내가 엄마라면 담배부터 사다줬을 거예요. 담배 핀다고 금방 죽는 거 아니니깐……. 우선 형이 원하는 거부터 들어주고, 형이 마음을 열어야 약도 먹을 거 같은데요."

휴대폰에서 연신 톡 알람이 울렸다. 동아리 방에서 대화가 뜨거웠지만 읽어볼 마음이 들지 않아 나는 그냥 전화기를 껐다.

전학 오기 전 학교에도 동아리 활동 시간은 있었다. 그렇지만 학교에서 만든 공식 동아리만 있고 한 반에 30명씩 인원도 정해져 있었다. 반면 화안중학교는 동아리 활동이 특화된 학교였다. 공식동아리뿐 아니라 자율동아리가 다양하게 있었고, 인원도 최소 4명 이상 30명까지 자유로웠다.

그런데도 경쟁이 치열한 동아리는 면접이나 추첨을 해서 부원을 뽑았다. 경쟁에서 탈락했거나 동아리를 바꾸고 싶은 아이들은 추가 신청 기간에 가입할 동아리를 찾느라 골머리를 앓았다. 민서도 방송댄스부 추첨에서 떨어져 울고불고 한동안 저기압이더니, 스트리트댄스 동아리에 합류했다. 날개 부러진 새처럼 기죽어 있던 모습보다 밝아진 얼굴이 훨씬 보기 좋았다.

첫 동아리 활동 시간이 되자 온 학교에 활기가 넘쳤다. 학년과 반을 초월하여 정해진 장소로 헤쳐 모였다. 지역 목공방으로 가는 등 학교 밖에서 활동하는 동아리도 꽤 있었다.

풍물 동아리 '얼쑤!'는 다목적실에서 모였다. 음악 선생님이 밴드 동아리를 동시에 지도하고 있어서, 우리 동아리는 덕산 형이 이끌었다.

"사물놀이는 꽹과리, 징, 장구, 북 네 가지 악기를 연주한다고 해서 붙여진 이름이야. 주로 앉아서 공연을 하고, 연주자와 구경꾼의 역할이 나누어져 있지. 그런데 풍물은 우리 전통 농악을 폭넓게 아우르는 이름이야. 사물은 물론이고 태평소, 나발, 소고 등 온갖 악기를 함께 연주하고, 연주자와 구경꾼이 함께 어울려 노는 음악이라는 차이가 있어."

풍물에 대해 간단히 설명한 뒤, 첫 시간인 만큼 연주 시범을 보이기로 했다. 덕산 형이 꽹과리를, 강산이 북을, 수수와 나은미가 장구를, 고승우가 징을 잡았다. 2학년인 나은미와 1학년 고승우는 사물놀이를 배운 경험이 있는 아이들이었다.

"점고부터 하고 일채, 마당삼채, 휘몰이 순서로 갈 거야. 서로 배운 게 다를 수도 있고 순서를 잊어버렸을 수도 있을 거야. 하지만 박자만 맞추면 상관없어. 그냥 꽹과리 신호 듣고 따라오면 돼. 알겠지?"

나는 전혀 알아들을 수 없는데, 네 명은 고개를 끄덕였다.

"허이!"

강산이 힘차게 소리치며 북을 쳤다.

둥둥, 둥둥, 둥둥둥두두……

연주가 시작됨을 널리 선포하는 것 같은 우렁찬 북소리에 이어, 모든 악기들이 일제히 제 소리를 냈다. 어깨가 들썩거려지는 흥겨운 가락이 펼쳐지더니 빠른 속도로 휘몰아치는 휘몰이 연주로 넘어갔다.

덕산 형의 꽹과리 소리는 전혀 시끄럽지 않고 물 흐르는 것처럼 들렸고, 북채를 휘두르는 강산의 몸짓은 유연하면서도 힘찼다. 수수는 춤을 추듯 사뿐사뿐 장구를 쳤다. 셋은 오래 호흡을 맞춰온 사람들처럼 편안해 보였다.

고승우도 징채를 휘두르는 모양새가 능숙했고, 나은미만 오랜만의 연주인지 허둥거렸지만 눈치껏 소리를 죽이는 센스를 발휘했다. 그래서 전체적인 화음은 멋지게 어우러졌다.

불과 3~4분이나 될까? 연주는 순식간에 끝나버렸지만 한동안 여운이 가시지 않았다. 가까이서 듣는 악기 소리가 엄청나게 커서 귀가 멍멍하기도 했지만, 덕산 강산 형제와 수수의 연주 실력에 신선한 충격을 받았다. 그들이 왜 그렇게 풍물반을 개설하기 위해 애를 썼는지 단번에 이해가 되었다.

"우와, 진짜 잘한다!"

"너무 멋져요!"

환성을 지른 사람은 얼쑤 부원들뿐만이 아니었다.

다른 교실에서 동아리 활동을 하던 아이들과 선생님들도 신기해하며 다목적실을 기웃거렸고, 외벽 창문으로 넘겨다보는 교감선생님의 대머리도 보였다.

"오늘은 첫날이니까 다 같이 장구를 쳐 보자. 다음 시간에는 북을 쳐보도록 할게. 그리고 나서 자기가 하고 싶은 악기를 선택해서 파트를 정하는 걸로 하자."

학교에서 구입한 장구는 모두 열 대였다. 부원이 모두 열한 명이라서 강산은 북을 잡고 고수를 했다.

"장구 왼쪽이 궁편 오른쪽이 열편이야. 오른쪽 열편이 내 가슴 중간쯤에 오게 장구를 놓고……."

나도 덕산 형이 가르쳐주는 대로 자세를 잡고, 궁채를 왼손에 열채를 오른손에 잡았다. 초등학교 저학년 음악시간에 잠깐 맛보기로 배운 게 전부여서 모든 게 새롭기만 했다.

궁, 따, 덩을 반복해서 연습한 뒤, 인사하는 법을 배웠다.

덩덩, 덩덩, 덩덩덩덩덩! 마지막에 변죽을 딱 때리며 마무리를 했다. 풍물을 시작할 때와 끝마칠 때 항상 치는 장단이었다.

연주랄 것도 없는 단순한 가락인데도, 열한 명이 호흡을 딱 맞추는 게 쉽지 않았다. 그러나 몇 번 연습을 할수록 소리가 점점 맞춰지는 게 신기했다. 내친 김에 곰 세 마리 동요 장단도 배우다 보니 어느새 수업 시간이 끝나 있었다.

"어때, 재밌지?"

함께 교실로 돌아가며 수수가 내게 물었다.

"응, 그런 거 같아."

"두고 봐. 배울수록 더 재미있을 거야."

수수가 살짝 윙크했다. 감실감실 웃는 눈웃음이 예뻤다. 가무잡잡한 콧등에 있는 주근깨들도 귀여웠고. 그런 생각을 하는 자신이 당황스러워 나는 얼른 고개를 돌렸다.

금요일엔 공개수업과 학부모총회가 있었다. 점심시간이 끝날 무렵 복도에는 학부모들이 모여들었다.

이든의 엄마는 특히 눈에 띄었다. 다가가서 인사하고 말을 거는 학부모들이 유난히 많았다.

"어머 사모님, 안녕하세요?"

"권 집사님, 오셨어요?"

"애들 동아리 활동 하라고 악기를 후원해주셨다면서요? 정말 감사해요."

"하나님 사업인데 당연히 도와야죠."

"아멘!"

은혜로운 교회 목사가 이든의 외삼촌이라더니, 이든의 엄마 역시 신앙심이 대단한 것 같았다. 그렇게 봐서 그런지 마른 체형에 파리해 보이는 얼굴, 회색 긴 투피스는 어쩐지 종교적인 분위기를 풍겼다.

"이든이 엄마가 발이 넓으신가 봐."

나는 동구에게 말을 걸었다. 딱히 궁금한 건 아니었다. 그보단 어깨가 축 처져 있는 동구가 좀 안 돼 보였다. 이든이 곁에 항상 붙어 다니더니 갑자기 혼자 다니는 것도 의아했고.

"돈이 많잖아."

동구는 심드렁하게 대꾸했다.

"옛날에는 은부자 땅을 안 밟고 화안읍을 못 지나간다고 했대. 그런데 지금은 홍부자 거치지 않고 화안읍에서 되는 일이 없다는 말이 있어."

"은부자?"

"수수 할아버지 말이야."

"아."

수수는 복도 쪽을 바라보며 누군가를 찾느라 동구의 말을 못 들은 것 같았다. 아마 부모님이 오시기로 한 모양이었다.

"너네 집도 부자지?"

갑자기 동구가 물었다.

"아, 아니."

"딱 봐도 부자 같은데 뭐. 가방도 엄청 좋은 거고, 핸드폰도 이든이랑 똑같은 거잖아."

"그건⋯⋯."

작년에는 부자였는데 지금은 아니라고 말하기도 그렇고, 나는 그냥 가만히 있었다.

"부자라고 하면 내가 돈이라도 달라고 할까봐 그러냐?"

동구가 비아냥거렸다.

"하여간 있는 것들이 더하다니깐."

괜한 트집이었지만 나는 가만히 있었다. 며칠 전 동구가 전동킥보드로 사람을 치어 사면초가에 빠진 걸 알고 있기 때문이다.

피해자의 남편이라는 사람이 이튿날 학교로 전화를 했다. 도대체 학생 지도를 어떻게 하는 거냐고 교장선생님한테 난리를 쳐서 학교가 발칵 뒤집혔다. 동구는 종일 교무실로 불려 다녔고, 자초지종을 파악하느라 담임 선생님도 얼굴이 빨개져선 이리 뛰고 저리 뛰었다.

교장선생님이 동구의 사례를 예로 들어 전동킥보드를 타지 말라고 전교생에게 훈화를 했고 가정통신문까지 발송했다.

망신도 망신이지만, 정작 동구가 축 쳐져 있는 까닭은 돈 때문일 터였다. 수수가 귀띔해 준 얘기론, 피해자가 갈비뼈 두 대가 부러지고 여기저기 다쳤다고 했다. 전신 MRI 검사 비용이며 치료비와 입원비를 동구가 물어내야 하는데, 피해자 남편이 있지도 않은 뇌진탕을 주장하며 합의금으로 큰돈을 요구한다고 했다. 하지만 동구네 형편에 그런 돈을 구하기 어려운 모양이었다. 동구가 나한테 난데없는 부자 타령을 한 건 그 때문일 거였다.

동구의 괜한 시비에도 가만히 있는 내가 답답했던지 수수가 끼어들었다.

"마동구. 너 왜 종로에서 뺨 맞고 한강에서 화풀이 해?"

"내가 뭘?"

"솔직히 말해 봐. 너 디지털 핫플레이스 혼자 간 거 아니지?"

"혼자 간 거 맞는데. 왜?"

그러면서 동구는 얼굴이 빨개지며 이든 쪽을 힐끗 쳐다보았다.

"이든이랑 같이 간 거 맞네."

"아니라니까!"

"그러게 내가 걔 조심하라고 했잖아."

"네까짓 게 뭘 알아?"

동구가 수수를 노려보며 소리쳤다. 반 아이들과 부모님들까지 무슨 일인가 하여 쳐다보았다.

"에이 씨."

동구는 씩씩대며 책상에 엎드렸다.

'이든이 얘기는 왜 나온 거지? 조심하라는 건 또 무슨 말일까.'

차량도난 문제로 화안한 집 사람들을 의심해서 수수가 까칠하게 군 줄 알았다. 그런데 단순히 그 일 때문만은 아니고 뭔가 얽힌 사연이 있는 듯했다.

"어, 우리 아빠다!"

수수가 뒷문 쪽을 바라보며 손을 흔들었다.

"아빠!"

서글서글한 인상의 키 큰 아저씨가 미소 지으며 다가왔다.

"우리 모둠이야. 내 짝 송인하, 얘는 방민서, 그리고 동구."

"만나서 반갑다. 수수한테 얘기 많이 들었어."

아저씨는 우리들에게 빙그레 웃어보였다. 연한 갈색 코트와 새치가 드문드문 있는 자연스러운 반 곱슬머리가 잘 어울렸다. 수수의 아빠가 화안한 집 대표라고 해서 막연히 어두운 이미지를 상상하였는데, 직접 보니 멋지게 나이 들어가는 배우 같은 느낌이었다.

"동구는 고민이 많지? 아저씨가 도와줄 테니 너무 걱정 마라."

아저씨가 온화한 목소리로 동구에게 말했다. 동구는 얼굴을 붉히며 고개를 숙였다.

조금 뒤 공개수업이 시작되었다. 서울에서도 작년 이맘때 공개수업을 했다. 그땐 스무 명이 넘는 학부모들로 교실이 빽빽했는데, 시골이라서 그런지 신입생이 아니라서 그런지 학부모가 여섯 명밖에 없었다.

작년에는 우리 엄마도 학교에 왔다. 비싸면서도 너무 화려하지 않은 옷과 신발을 고르고 명품백을 들고 미장원에도 다녀왔다.

재하 형이 중학교를 졸업한지 3년이 되었지만, 형의 학교 행사에 빠짐없이 참석했던 엄마를 알아보는 교사와 학부모들이 있었다.

"재하 어머니 아니세요? 올해 동생이 입학했나 봐요?"

"네네, 안녕하세요?"

"동생도 공부 잘하죠?"

"아니에요. 얘는 공부를 별로 안 해요."

"재하도 첫 시험 성적은 안 좋았다면서요. 동생도 잘 하겠죠. 어떻게 하면 성적을 쭉쭉 올리는지 비법도 좀 가르쳐주시고요."

"아유, 별 말씀을……. 제가 뭐 특별히 아는 게 있어야죠."

말은 그랬지만 엄마의 얼굴은 자부심으로 환하게 빛났다. 형이 건강하고 공부 잘하는 아들이었던 동안, 엄마의 얼굴엔 그런 표정이 드물지 않게 나타났다.

그러나 형이 조현병에 걸린 후 엄마는 사람들이 모인 곳을 피했다. 학교 행사에도 물론 오지 않았다.

화안읍에는 우리 가족을 아는 사람이 없다. 그런데도 엄마는 여전히 사람들을 피한다. 일주일에 한 번 가는 형의 진료 날짜를 굳이 학부모총회 날로 잡은 것도 그래서가 아닐까.

공개수업 후 학부모 회의 때문에 수업이 일찍 끝났다.

나는 교실을 나오며 휴대폰을 켰다. 형이 병원에 무사히 다녀왔는지 궁금했다. 형 퇴원 후 하루하루가 살얼음판처럼 불안하고 조심스럽다.

> 재하 주치의 선생님이 바뀌었네, 형이 새 선생님이 뭔가 마음에 안 드는 모양이야. 다음부터 이 병원 안 오겠다고 하네ㅠ

> 상담센터에 갔다가 이제 집에 가는 중이야.

엄마에게서 온 메시지는 두 개였다. 열두 시 십오 분에 마지막 메시지가 온 걸 보니, 지금쯤은 집에 왔거나 거의 도착했을 것 같았다.

마음이 놓인 나는 편안한 마음으로 버스를 탔다. 차창 밖으로 펼쳐지는 풍경들을 느긋하게 바라보았다. 불과 몇 주 사이에 봄빛이 짙어가는 하늘이며 들판의 색깔이 신기했다. 서울에서는 계절의 변화를 이렇게 섬세하게 느껴본 적이 없었다.

버스에서 내린 후 언덕 사이에 난 좁은 길을 따라 화안천 가에 도착했다. 그런데 뚱뚱한 아주머니가 우리 집 일층 유리문을 기웃거리며 들여다보고 있었다.

"누구세요?"

"이 집에 사니?"

"예."

"재하 동생이겠구나? 난 정신건강복지센터 공무원이야. 화안읍 정신장애 환자와 가족을 지원하는 게 내 업무야."

아주머니가 내민 명함에는 화안읍 정신건강복지센터 중증재활관리 사업지원팀 유순애 팀장이라고 써져 있었다. 낯설고 이질적인 명칭에 나는 잠시 멍해졌다.

"어머니한테 재하 데리고 센터 한 번 오시라고 여러 번 전화 드렸는데 통 안 오시네. 마침 근처에 온 김에 들러봤어. 그런데 어머니 어디 가셨나봐?"

"형 병원 갔다가 집에 왔을 텐데요?"

내가 벨을 눌러보았지만 문은 열리지 않았다. 엄마한테 전화를 걸어 봐도 받지 않았다.

"재하 병원 가는 날이었구나. 형 약은 꼬박꼬박 잘 먹지?"

"예."

"좀 나아졌다 싶으면 조현병 환자들이 약을 잘 안 먹으려고 하거든. 약 먹으면 아무래도 정신이 멍하고 몸이 힘드니까. 그런데 약 끊으면 바로 재발하기 쉬워. 입, 퇴원을 반복하다가 만성 조현병이 되는 사람이 굉장히 많아. 형이 어느 정도 회복될 때까지는 너도 잘 지켜보고 도와주면 좋겠구나."

"예."

"형 다른 치료는 하는 거 없니? 심리상담이나 다른 활동 같은 거."

"병원 가는 날 상담 치료받나 봐요. 그 외에 딴 데 다니는 데는 없어요."

"아무것도 안 하고 그냥 집에 있으면 안 좋을 텐데"

유 팀장은 가방에서 종이 한 장을 꺼내 나에게 주었다.

"마침 조현병 환자 가족교육 강연이 있어서 알려드리려고 안내문을 챙겨왔어. 근처에 화안한 집이라고 있거든."

화안한 집이라는 말에 나는 귀가 번쩍해서 안내문을 들여다보았다.

가족교육 안내 (family link)

*대상 : 조현병 환우 가족 및
　　　관심 있는 지역 주민

*일시 : 3월 24일(수)
　　　오전 10:30 ~ 12:00

*장소 : 화안한 집 다목적실

*내용 : 1. 조현병 당사자 강연
　　　2. 당사자 가족 강연
　　　3. 정신과 전문의 강연 및 질의

*문의 : 화안한집 (0□0-0△00)

조현병을 앓고 있는 환자가 강연을 한다니 나는 좀 놀랐다. 환자 가족 강연도 엄마가 들어보면 좋을 것 같았다.

"그런데 평일이라서……. 주말이면 제가 형이랑 같이 있으면 되는데요. 평일엔 형 혼자 집에 있어야 돼서, 엄마가 가실지 모르겠어요."

내가 관심을 보이자 유 팀장은 반색하며 말했다.

"재하도 데리고 가면 더 좋아. 화안한 집이 개원한지 오 년 밖에 안 됐지만 조현병 당사자 공동체 중에서 굉장히 잘 운영되고 있는 곳이 거든. 어머니께서 강연 듣는 동안 화안한 집 구경을 해도 되고, 프로 그램 참가해도 돼. 만약 재하가 온다고 하면 담당 사회복지사를 미리 섭외해 놓을게."

"이따 엄마랑 통화해 보세요."

"그럴게. 너도 어머니께 잘 좀 말씀드려."

"네."

그런데 공무원이 떠난 뒤에도 엄마는 여전히 연락이 없었다.

> 엄마, 어디예요? 병원 갔다가 어디 딴 데 들렀어요?
> 걱정 되니까 문자 보면 바로 연락 주세요.

나는 정신건강복지센터 공무원이 집에 왔다 갔다는 말과 함께, 화 안한 집에서 열리는 가족교육 안내문도 사진으로 찍어 엄마한테 미리 전송했다. 종이 안내문을 주면 읽는 둥 마는 둥 버릴 것 같아서였다.

형은 물론이고 엄마도 아직은 마음의 문을 열 준비가 전혀 되어있 지 않았다.

교복을 갈아입고 씻고 나오니 부재중 전화 표시와, 곧 도착한다는 엄마의 메시지가 들어와 있었다.

"오다가 접촉사고가 있었어."

집에 돌아온 엄마가 지친 표정으로 말했다.

새끼고라니가 길에 뛰어들었는데 앞차가 피하려고 핸들을 꺾는 바람에 4중 추돌이 이어졌다고 했다. 속도 제한이 있는 국도라서 다친 사람은 없었지만, 사고 난 차가 여러 대이다 보니 교통경찰이 오고 현장 검증을 하는데 시간이 걸렸단다.

"고라니는 어떻게 됐어요?"

"산으로 달아났어. 다리를 다친 거 같더라."

"아이고 저런……."

"고라니가 문제야? 사고 건수가 늘어서 보험 수가가 올라가게 생겼는데. 그나마 사람이 안 다쳐서 다행이지."

엄마가 피곤하고 귀찮다는 듯 말했다.

"호주에 가니 길에 로드킬 당한 동물 사체가 즐비하더라. 피하려다 오히려 대형사고가 나기 때문에, 그쪽 사람들은 그냥 치고 다니더라고. 사실은 그게 맞는 거지. 더구나 고라니는 보호종도 아니고 유해동물이잖아."

엄마의 말이 아주 틀린 건 아닐 거다. 그럼에도 삭막하고 거침없는 말투에 나는 마음이 불편했다. 보호동물과 유해동물은 사람들 입장에서 정한 기준일 뿐 똑같은 생명인데…….

08

누구나 비밀은 있다

화안천엔 봄빛이 완연했다. 새들이 활기차게 날아다녔고, 오리떼가 날
개를 펴고 하강하다 좌르르 물을 박차며 내려앉는 소리가 명랑하게 들려
왔다.

나는 무소 이모와 표구사에 갔다가, 함께 화안한 집으로 걸어가고 있었
다. 원래 버스 정류장 한 구간을 더 가서 내리면 화안한 집이 가깝다. 그런
데 갈대와 부들이 우거진 생태습지 구간이 좋아서, 무소 이모는 늘 이 구역
에 내려서 걷기를 좋아했다.

얼마쯤 가는데 맞은편에서 걸어오는 남자애가 보였다. 형이나 삼촌으로
보이는 사람과 함께였다.

'인하 아니야?'

나는 남자애를 뚫어지게 바라보았다. 손짓 발짓하며 열정적으로 말하

는 모습이 낯설었다. 학교에선 말도 없고 움직임도 거의 없는 아이인데.

가까이서 보니 역시 인하가 맞았다.

"인하야!"

그제야 나를 발견한 인하가 놀란 표정을 지었다.

"이모, 얘가 인하예요. 내 짝."

"안녕? 수수한테 얘기 많이 들었어."

"무소 이모야. 풍물반 홍보 포스터 디자인 해주신."

"아. 안녕하세요?"

인하는 당황한 표정으로 잠깐 머뭇거리더니, 옆에 있는 사람을 소개했다.

"우리 형이야."

"안녕하세요?"

내가 인사했지만 인하의 형은 눈을 마주치지 않았다. 표정 없는 얼굴, 둔한 움직임, 정지 화면처럼 서 있는 모습. 화안한 집 식구들을 떠올리게 하는 모습이었다.

"아유, 이러다 약속에 늦겠네."

무소 이모가 갑자기 서두르며, 인하 형에게 상냥하게 말했다.

"그럼 잘 가요."

"……예."

한 박자 늦게 대답하는 인하 형의 목소리엔 감정이 담겨있지 않았다.

"내일 학교에서 보자."

나는 인하에게 손을 흔들어 보이고, 인하 형에게 가볍게 목례를 했다. 그리곤 저만치 앞서 가는 이모를 총총 따라갔다.

"이모, 갑자기 무슨 약속이야?"

"네 친구가 곤란해 하잖니."

"인하가? 왜?"

"형이 조현병이란 얘기 안 했지? 뒤돌아보진 말고."

"아, 어쩐지……. 근데 이모는 조현병이라고 어떻게 확신해?"

"딱 보면 알지. 내가 강제 입원만 여섯 번 했잖아."

나는 웃음이 나왔다. 조현병으로 정신병원 입원한 경력을 뻐기듯 말하는 사람은 세상에 무소 이모 밖에 없을 거다.

"정신건강센터 유 팀장이 저번 회의 때 그러더라. 열여덟 살짜리 초발 환자가 정신병원에서 퇴원했는데, 부모가 연락을 피해서 걱정이라고."

　정신병원에서 퇴원하는 환자가 있으면 거주지 정신건강복지센터로 연락이 가고, 지역의 담당 공무원이 지속적 관리를 하게 된다. 화안한 집에 많은 정신장애인들이 거주하고 있고 각종 사업도 하다 보니, 지역 담당 공무원인 유 선생님이 자주 회의를 하러 온다. 무소 이모는 화안한 집 운영진의 한 명이라 함께 회의를 하곤 하는데, 그때 지역 장애인 실태나 복지에 대한 얘기도 나누었다.

"그런데 이모. 인하 형 얘긴지 어떻게 알아? 딴 사람일 수도 있잖아."

"딱 보면 몰라? 걔 고등학생 나이로 보이고, 정신병원 퇴원한지 얼마 안된 거 너도 눈치 챘지? 집도 화안천 근처라던데 아까 걔 맞지 뭘."

이모의 말에 동의할 수밖에 없었다. 인하의 얼굴이 왜 늘 어두웠는지, 비로소 이해가 되었다. 집안에 조현병 환자가 생기면 가족들의 삶도 엉망진창이 된다. 어른들이 한마음이 되어 대처해도 조현병 환자와 함께 잘 살아가긴 쉽지 않다.

"근데 인하 부모님이 연락을 피한대? 왜?"

"유 선생이 처음에 인하 엄마랑 통화하면서 정신장애인 등록 얘기를 했는가봐. 이것저것 안내하면서 정신장애인 등록을 하면 받을 수 있는 혜택에 대해 말해준 거지. 그랬더니 우리 애는 정신장애인 아니라고, 얼마나 똑똑한 앤지 아느냐고 화를 내더래."

"아……."

엄마 아빠 덕분(?)에 나는 조현병 환자와 가족들을 가까이 보며 자랐다. 그래서 조현병 환자 가족의 패턴을 알고 있다. 초기에는 병을 부정하고 남들에게 숨기는 사람들이 많은데, 인하의 부모 역시 그 단계에 머물러 있는 거였다.

정신장애인 등록만 되어도 나라에서 경제적 지원과 이런저런 혜택을 받을 수 있다. 학비 감면이나 취업 알선 등등. 어려운 처지의 정신장애인에게 지원금은 생명줄이나 마찬가지다. 그런데 요즘은 정신장애 등급판정을 받기도 쉽지 않아서 고초를 겪고 있는 조현병 환자들이 사실 얼마나 많은지 모른다.

"병을 감추면 안 되는데……. 초발 때 관리 잘 해야 나처럼 고생을 안 하지. 가족끼리 원수도 안 되고."

무소 이모가 쓸쓸하게 말했다. 무소 이모는 부모 형제들이 자꾸 강제입원 시키고 퇴원을 시켜주지 않는 바람에 인연을 아예 끊어버렸다. 무소 이모 뿐 아니라 많은 당사자가 가족들과 등지고 산다. 환자의 병을 이해하고 치료와 회복을 지원하는 가족은 열 집 중 한 집이 있으려나? 응급시에 잠깐 입원하여 고비를 넘기고 회복을 위한 치료를 하면 되는데, 많은 가족이 강제로 폐쇄 병동에 보내버리는 쪽을 택한다. 그러다 보니 가장 가까워야 할 가족으로부터 씻을 수 없는 상처를 입은 당사자의 마음에는 아픔과 원망만 쌓인다, 그렇게 갈등이 심해지다 보면 가족이 결국 당사자를 포기해버리는 일이 흔하게 벌어지고 있는 현실이다.

"이모. 은하센터에 청소년실도 짓고 있잖아."

"응."

"개관하면 프로그램도 열어?"

"어떻게 될는지 잘 모르겠어. 도에서 청소년을 위한 정신건강 프로그램을 정책적으로 권장하고 있긴 하지. 그래서 유 선생이 화안한 집에 교육을 위임하고 싶어 하잖아. 읍 센터는 보건소 이층이라 공간도 좁고 인프라도 우리만큼 없으니까."

"잘 됐다. 화안한 집에서 하면 되겠네."

나는 반갑게 대구했다. 인하의 형이 정신병원에서 퇴원한 게 사실이라면 금방 학교로 돌아가긴 쉽지 않을 거다. 치료와 재활 활동을 꾸준히 해야 할 텐데, 때맞춰 화안한 집에서 프로그램을 개설하면 좋을 것 같았다.

그런데 무소 이모가 인상을 쓰며 말했다.

"어떻게 될지 모르겠어. 홍 사장네 교회에서 청소년 마인드풀인가 뭔가를 운영하겠다고 나섰다는 거야."

"그게 뭔데?"

"저쪽에 건물 짓는 거 보이지? 은혜로운 교회 기도원이라고 하던데 저기서 뭘 하려는 모양이야. 청소년 정신건강 수련도 하고 치유 프로그램도 하겠다고 한대."

무소 이모가 오른쪽 산자락 쪽을 가리켰다. 수크령 언덕 화안한 집에서 2km 정도 떨어진 곳이었다.

"코딱지만 한 화안읍에서 청소년 정신건강 예산을 두 곳이나 지원해 주겠어? 그래서 유 선생이 곤란해 하더라. 화안한 집도 프로그램 준비해서 빨리 신청을 해보라고 하는데, 너희 아빠가 망설이고 있어. 다른 사업도 해야 할 게 많은데, 청소년 프로그램까지 할 여력이 될까 하고."

"청소년 프로그램이 얼마나 중요한데! 꼭 해야지 무슨 소리야. 어른 정신병원이나 시설은 그래도 곳곳에 있지만 청소년 환자는 완전 사각지대에 있잖아. 화안한 집에서 꼭 해야 돼!"

엄마가 쓰고 있던 책에도 어린이 청소년 장이 따로 있고 외국의 사례들이 정리되어 있었다. 그런데 한국은 어린이 청소년 정신질환에 대한 사회적 예방책이나 치료 회복 프로그램이 전혀 마련되어 있지 않다고 했다. 엄마가 살아있었다면 분명히 청소년 프로그램을 신경 써서 만들었을 거라고 나는 확신했다.

"홍사장과 괜히 또 껄끄러워질까봐 그러는 것 같기도 해. 홍 사장 영향력이 좀 크니? 매형이 시의회 의원이잖아. 그러니까 닥치는 대로 땅 파고 건물 지어대도 멀쩡한 거 좀 봐. 다 한통속이라니까."

무소 이모의 목청이 높아졌다. 이든의 아빠, 홍 사장 얘기만 나오면 이모는 그렇게 흥분한다.

화안한 집을 처음 시작할 때, 홍사장의 훼방으로 무척 애를 먹었다고 한다. 경치 좋은 수크렁 땅을 손에 넣고 싶어서 홍사장이 몇 년 째 아빠한테 팔라고 졸라댔다고 한다. 그런데 아빠가 그곳에 조현병 환자 공동체를 만들기 시작하자, 정신장애인 시설이 들어오면 안 된다고 사람들을 부추겨 그렇게 반대 민원을 넣었다고 들었다.

초등학생이었던 나는 그런 사정까진 몰랐는데, 무소 이모가 틈만 나면 그 얘기를 반복한다. 겉으로는 고향 사람이라며 도와주는 척해놓고, 알고 보니 뒤에서 그렇게 방해를 했더라고.

"내가 열 받아서 홍사장이 지은 건물들을 조사했잖아. 건축법 소방법 하천법 어긴 거 열세 개를 찾아서 홍사장한테 서류를 보냈지. 화안한 집 계속 건드리면, 당신이 지은 건물 전수 조사해서 불법 비리 고발하고 방송에도 내보낼 거라고 했어. 미친년 건드리면 어떻게 되는지 똑똑히 보여주겠다고 거품 물고 방방 뛰니까 그제야 통하더라고."

무소 이모의 활약은 화안한 집에 회자되는 전설 중의 하나이다.

조현병에 걸린 후 더 이상 정교한 건축설계를 할 수 없게 되었지만, 홍사장이 지은 건물들이 얼마나 날림이고 법망을 어떻게 피했는지 무소 이모는 다 꿰뚫어봤다. 정신장애인 집단이라고 만만히 봤다가 제대로 한 방 먹은 홍 사장은 슬그머니 물러섰고, 비로소 인허가 과정이 순조롭게 이루어졌다고 했다.

아빠는 규정대로 시설과 서류를 갖추었기 때문에 허가하지 않을 이유가 없다고 했지만. 아무튼 화안한 집과 홍 사장 사이에 내내 갈등이 있었던 건 사실이다.

그래서 무소 이모는 마인드 풀인지 뭔지, 은혜로운 교회에서 한다는 청소년 사업도 의심의 눈으로 바라봤다. 화안한 집이 예상 밖으로 지역에서 탄탄히 자리를 잡자, 더 크지 못하게 방해를 하려고 한다는 거였다.

"근데 그 목사님이 원래 청소년 사목에 관심이 많았대, 이모. 전에 있던 교회에서 청소년 쉼터도 운영했다던데? 그래서 은혜로운 교회도 청소년부를 많이 신경 쓰는 거 같아. 청소년 밴드부도 만들고."

"그러면 환경이 어려운 아이들을 위한 쉼터나 봉사단체를 만들면 되지. 조현병이나 우울증 있는 애들 종교 시설에 잘못 들어가면 훨씬 나빠져. 내가 그런 사람 한 트럭은 봤다는 거 아냐."

정신적으로 힘든 애들 함부로 건드리지 못하게 해야 한다며 이모는 광광거렸다.

"너희 아빠는 다 좋은데 너무 신중해. 화안한 집은 아직 여건이 안 된다고 하는데, 인생이 계획대로 살아지는 거냔 말이지. 해야 되겠다 싶은 일은 그냥 시작하면 되잖아. 부족한 부분은 하면서 채우고, 그것도 안 되면 차선책을 택하고, 그냥 그러면 되는 거거든."

"완전 동감이야, 이모."

인생의 밑바닥에서 몇 번이고 처절하게 기어 올라온 이모의 언어는 직

관적이고 직설적이다. 그래서 무소 이모를 불편해 하는 사람도 많지만, 현자의 어떤 지혜로운 말보다 무소 이모의 말이 내 가슴에 닿아올 때가 있다. 지금도 그렇다.

그래서 엄마도 자신이 간호사로 일하던 병원 환자였던 무소이모와 친구가 되고, 평생 동지가 되고, 자매처럼 지냈는지 모른다.

방과 후 학교 풍물반이 시작되었다.

'어떤 선생님이실까?'

정진희. 이름만 보고 나는 중년의 아주머니 선생님을 상상했다.

그런데 머리를 샛노랗게 물들인 어떤 청년이 다목적실 안으로 들어오는 게 아닌가. 어깨에 장구가방을 매고서.

"얘들아, 안녕?"

"누구세요?"

"오늘부터 풍물을 가르칠 정진희라고 해. 지니 쌤이라 불러 줘."

"우와, 여자 선생님인 줄 알았어요."

"지니 쌤, 머리 색깔 멋있어요!"

예상 밖의 풍물 강사님 모습에 우리는 환호했다.

"여 선생님을 기대했을 텐데 남자라서 미안. 요즘 비보이들과 합동 공연 중이라 머리는 당분간 염색을 하고 있어야 하니 이해 바람."

"비보이와 어떻게 공연을 해요?"

덕산 오빠가 흥미로운 얼굴로 물었다.

"사물놀이를 하면서 브레이크 댄스도 하고 열두 발 상모돌리기도 해. 전통과 현대를 아우르는 안무를 짜서 공연하는 거지."

"어디서 해요? 구경 가도 돼요?"

강산이도 눈을 반짝였다.

"저번 주말에는 용산에서 했고 이번 금, 토요일엔 호연 아트홀에서 네 시 일곱 시 공연이 있어. 만약 보러 올 거면 공연자 초대권 있으니까 몇 장 줄 수 있어. 근데 너희들끼리 오긴 멀 텐데?"

"저는 무조건 갈 거예요."

"저도요!"

덕산 강산 형제가 거의 동시에 손을 들었다. 나도 질세라 손을 들며, 한 손으로 옆자리 인하의 팔까지 치켜 올렸다.

"저랑 인하도 갈 거예요."

"어, 난……."

"같이 가. 거기 근처 호연 핫 플레이스도 엄청 유명해. 최첨단 AR, VR 게임도 되게 신기하대. 시간 되면 덕산 오빠랑 강산이랑 넷이서 게임 하고 놀다 오자."

인하는 곤란한 표정으로 가만히 있었다.

"오케이. 일단 표 네 장 챙겨둘게. 다른 사람도 구경 올 생각 있으면 수요일까지 얘기해 줘. 자, 그럼 장구를 가져와서 각자 앞에 놓자."

아이들이 장구와 궁채 열채를 챙겨와 자리를 잡는 동안, 지니 쌤은 악기를 앞에 놓고 손을 풀었다. 처음에는 가볍고 부드럽게 양장구를 치더니 움직임이 점점 빨라지고 소리도 커졌다. 나중에는 손이 보이지 않을 정도로 빠르면서도 힘이 넘쳤다. 한 마리 맹수가 포효하며 달리는 것만 같았다.

'진짜 실력자다!'

나는 가슴이 뛰었다. 덕산 오빠의 얼굴도 상기되어 있었다.

지니 쌤은 장구의 명칭부터 바르게 앉는 법, 궁채 열채를 쥐는 법과 기본 연주법을 차근차근 알려주었다.

"옳지! 잘한다! 그렇지! 박자 잘 맞고! 자세 좋고! 아니, 이렇게 잘하다니!"

지니 쌤이 연신 칭찬을 하는 바람에 아이들은 너나 할 것 없이 신명이 났다. 그저 칭찬만 하는 게 아니라 한 명 한 명의 자세를 고쳐주며 계속 농담을 했다.

"교실에 파리가 많은가 봐? 장구 치라고 했는데 파리 쫓는 사람들이 이렇게 많다니."

궁채 열채를 휘두르는 모양새를 지니 쌤이 우스꽝스럽게 흉내 내자 와르르 웃음이 터졌다.

"빨리 배우는 것보다 정확하게 배우는 게 중요해. 열채를 채편에서 바로 떼버리지 말고, 착 붙이는 연습부터 하자. 하나 둘, 따! 하나 둘 따! 따, 따, 따……. 아이고 잘 한다!"

연신 웃어가며 집중하다 보니 수업이 금세 끝났다. 악기를 정리하는 인하의 얼굴도 어느 때보다 밝아 보였다.

동아리 카페 운영진 네 명이 뒷정리를 하고 다목적실에서 제일 마지막에 나왔다.

"금요일 일곱 시 공연 괜찮겠어? 네 시는 수업 끝나고 가기에 시간이 너무 빠듯한데."

덕산 오빠가 물었다.

나와 강산은 괜찮은데 인하가 못 간다고 했다.

"너무 늦어서 그래? 올 때는 우리 아빠한테 데리러 와달라고 하면 돼."

"같이 가자, 인하야. 공연 구경도 도움이 많이 돼."

"형도 우리 팀이잖아. 빠지면 반칙이야."

셋이 번갈아 설득하자 인하는 머뭇거리며 대답했다.

"혹시 토요일에 보러 가면 안 돼? 금요일에 형 생일이라서……."

"토요일엔 공연 연습해야 되는데."

"공연 연습?"

강산은 아차 하는 표정으로 내 눈치를 살폈다.

말 나온 김에 나는 솔직하게 털어놓았다.

"저기, 우리 아빠가 운영하는 화안한 집이라고 있거든. 거기서 다음 달에 건물 개관식을 하는데 그때 풍물 공연을 해. 우리도 참가하기로 해서 주말에 공연 연습을 하고 있어. 작년 가을부터 해온 거야."

"아, 그래?"

인하가 관심을 보였다.

"혹시 너도 우리랑 같이 공연 연습 할래?"

처음에는 인하가 조현병 환자들을 꺼릴까봐 합류를 권하지 못했다. 그러나 인하의 형이 조현병 환자임을 알게 된 지금, 오히려 꼭 참가했으면 좋겠다는 생각이 들었다. 부모님이 폐쇄적인 태도를 취하고 있다니 인하가 그동안 얼마나 힘들었을까 싶었다.

세계 어느 나라든 조현병을 앓는 인구가 1%니까, 우리 주변 어디나 조현병 환자가 있고 가족들은 훨씬 많다. 대부분 감추고 말을 안 하니 모를 뿐이다. 그런데 자신의 병을 받아들이면서 있는 그대로 살아가는 화안한 집 사람들을 본다면, 인하와 가족들에게 분명 도움이 될 거다.

"하나도 칠 줄 모르는데 어떻게 공연을 해."

인하가 말도 안 된다는 듯 웃었다.

"어려운 연습 아니니까 금방 따라올 수 있어."

"그래, 인하야. 넷이 한 팀인데 같이 뭉치자."

"공연 연습하면 금방 늘어, 형."

덕산 강산 형제까지 적극 권하자 인하는 솔깃해진 표정이었다.

"생각해 볼게. 근데 시간이 될지 모르겠어."

"올 수 있으면 오고, 일 있으면 안 와도 괜찮아. 결석을 하든 지각을 하든 화안한 집에선 다 괜찮아."

내 말에 덕산 강산 형제도 고개를 끄덕였다.

"맞아."

화안한 집에서는 회의건 업무건 놀이건 자기가 할 수 있는 만큼 한다. 늦게 오건, 들락날락 하건 잔소리하는 사람은 없다. 조현병 환자의 특성상 정동장애, 불안장애, 긴장증, 강박장애 등 각종 신경증이 언제 나타날지 모르고, 부담을 주면 증세가 더 심해진다는 것을 모두가 알고 있기 때문이다.

그렇다고 화안한 집 당사자들이 제멋대로 살고 있다는 건 아니다. 화안한 집에도 지켜야 할 규칙과 규율은 있고, 당사자들은 스스로 지키려 노력한다. 예를 들어 청소 담당, 배식 담당 등 공동체 봉사 업무가 있고, 참가 프로그램 체크, 업무 시간 기록 등 자신의 일정을 스스로 관리해야 한다.

예를 들어서 농장에서 일을 한 시간 했으면 한 시간, 두 시간 했으면 두 시간 스스로 적는다. 그러면 기록에 따라 일한 금액을 지급받는다. 카페나 다른 작업장도 마찬가지다.

물론 화안한 집이 마냥 평화로운 건 아니다. 컨디션 조절이 마음대로 되는 게 아니라서, 누군가 발작할 때도 있고 때론 살벌한 싸움도 난다. 멀쩡했던 사람도 운영진이 눈 여겨 주시하며 신경 써야 할 시기도 있다.

그렇지만 당사자 역시 한 사람의 당당한 인격체가 되고 싶어 하는 건 마찬가지이다. 자기가 해야 할 몫은 스스로 해내고 싶어 하며, 남들에게 존중 받기를 원한다.

'인하 부모님이 가족교육에 참가하시면 좋을 텐데……'

나는 버스를 타러 가는 인하의 뒷모습을 한참 바라보았다.

산책로에서 인하의 형을 만났다는 얘기를 아빠한테 했더니, 수요일에 당사자 가족교육이 있다고 알려주었다.

"노라 씨랑 재석이 아버님이 강연을 하실 거야."

"아, 진짜?"

"재석이도 스무 살에 초발했으니 이른 편이었지. 노라 씨 강연도 당연히 좋겠지만, 재석이 아버님 강연은 인하 부모님이 들어보시면 큰 도움이 될 텐데. 인하한테 잘 얘기해 보렴."

"알았어, 아빠."

듣던 중 반가운 소식이었다.

재석 삼촌의 아버지도 처음부터 조현병 걸린 아들을 이해했던 건 아니다. 대학생이 된 후 환청과 망상으로 이상 행동을 하는 재석 삼촌을 가족들은 꾸짖고 나무라기만 했다. 군대에 가야 정신을 차린다고 서둘러 입대 시킨 사람도 해병대 출신의 아버지였다.

그런데 재석 삼촌은 훈련소에 들어간 지 사흘 만에, 훈련장을 발가벗고 뛰어다니다 정신병원으로 긴급 후송되었다. 그때부터 입원과 퇴원을 반복하며 4년이라는 시간을 보낸 후, 재석 삼촌의 아버지는 당사자 강연을 듣게 되었다.

그때 강연을 했던 사람이 무소 이모였다. 여섯 번의 강제 입원 끝에 약을 먹지 않고도 자신의 병을 스스로 관리하며 화가이자 인권 활동가로서 살게 되기까지, 이모의 경험담은 재석 삼촌 아버지에게 깊은 감명을 주었다.

얼마 후 재석 삼촌 아버지는 아들을 데리고 담쟁이풀을 찾아왔다. 우리 엄마가 아직 살아있고, 무소 이모와 함께 담쟁이풀 공동대표를 할 때였다.

그 때부터 재석 삼촌은 담쟁이풀에서 열리고 있던 '당사자 연구'에 참여했다. 당사자 연구란 논리 정연한 탐구가 아니다. 조현병 환자들이 돌아가면서 자신을 괴롭히는 환청이나 망상 등에 대해 그저 편안히 얘기하는 모임이다. 다른 조현병 환자들은 이야기를 들어주고, 자신의 경험을 바탕으로 의견이나 조언을 보태기도 한다. 환청을 환청 씨라 부르며 자신의 병과 화해하고 공존하게 된 사람들과 함께하며 재석 삼촌은 서서히 달라졌다.

바리스타 2급 자격증을 따서 기업체 카페에 취업을 했던 재석 삼촌은, 화안한 집을 만든 후 부엉이 카페 운영을 맡아서 하고 있다. 은하센터가 완공되면 다른 당사자들에게 바리스타 직업 교육도 할 예정이다.

재석 삼촌의 아버지도 가족 교육을 받으면서 아들 입장에서 먼저 생각하게 되었다. 더 이상 정상인이 되기를 요구하지 않게 되었고, 가족 모임을 이끌며 다른 조현병 환자와 가족들을 돕고 있다.

'인하한테 가족교육 얘기를 어떻게 꺼내지? 형이 조현병이라고 아직 나한테 말한 적도 없는데.'

아무리 생각해봐도 남의 집 일에 먼저 나서서 아는 척 하는 건 아닌 것 같았다. 그래서 결국 인하한테 가족교육 얘기는 하지 못했다. 화안한 집에서 정기적으로 가족교육을 하고 있기 때문에 다음에 기회가 또 있으리라 생각했다. 그런데 인하가 화안한 집으로 와서 함께 풍물연습을 한다면, 형에 대한 얘기를 자연스럽게 나누게 될 수도 있을 것 같았다.

"이거 봐. 수수야."

동아리 활동을 마치고 교실로 돌아온 민서가 체육복 팔목을 슬쩍 올렸다. 독특한 실매듭이 묶여 있었다.

"이게 뭐야?"

"소원 팔찌."

"어디서 났어?"

"동아리 오빠가 준 거야. 이거 차고 있으면 소원이 이루어 질 거랬어."

"그래? 예쁘네. 너 소원 이루어지면 나도 좀 빌려 줘."

나는 슬쩍 농담했다. 유치한 매듭에 유치한 작업멘트라고 생각했지만 기운을 되찾은 민서한테 찬물을 끼얹고 싶지는 않았다.

민서의 짝패였던 친구들은 다른 여자애를 멤버로 끼워 넣어 사방을 활보했다. 민서는 그 애들을 피해 다녔다. 점심도 급식이 끝날 무렵 허겁지겁 먹고 교실로 돌아왔다. 그러다 한번은 체해서 내가 양호실에 데려다주기까지 했다.

그런데 스트리트댄스 동아리에 들어간 후 민서의 표정은 훨씬 밝아졌다.

"우리 동아리 출신 선배들이 윈드크루라고 댄스 팀을 만들어 활동하고 있대. 찾아보니까 리더가 대일 선배인데, 유튜브 조회 수가 엄청 높아. 이번 금요일에 댄스 배틀을 한다고 동아리 부원들이랑 응원가기로 했어."

대일 선배라는 말에 나는 찜찜했다. 춤도 잘 추지만 사생활이 복잡하다는 소문이 많았다. 작년 여름에는 화안천 근처에서 가출청소년들과 어울려 다니는 것도 봤다.

저마다 집안 사정이 있는 거고, 가출청소년들이 꼭 나쁜 짓을 저지른다고 생각하진 않는다. 그런데 폐목재공장에 들락거리던 애들이 불을 내는 바람에, 화안한 집 식구들이 또 의심받았다. 조현병 환자로 보이는 남자가 공장 주변을 배회했다고 누군가 경찰에 말했기 때문이다. 이웃 공장 cctv

에 그 애들이 찍혔기에 망정이지, 안 그랬으면 정신병자가 방화를 하고 다닌다는 흉흉한 소문이 아직도 돌아다닐 거다.

아무튼 그게 민서와 관계있는 일은 아니다. 스트리트댄스 동아리의 센 언니 오빠들과 어울리며 기운을 되찾은 모습이 보기에 훨씬 나았다.

반면 전에 없이 풀이 꺾인 동구를 보면 딱했다. 전동킥보드 사고 피해자가 합의금을 무리하게 요구해서 형사합의가 안 되고 있었기 때문이다.

화안한집 법률자문 변호사가 동구의 사건을 맡아 주기로 했는데, 다음 주 안으로 합의가 안 되면 소송을 할 거라고 했다.

"소송하는 데 돈 많이 들지 않아, 아빠?"

동구네 형편을 아는 나로선 걱정을 하지 않을 수 없었다.

"최변이 알아보니까 피해자 과실이 있대. 아주머니가 차도를 가로질러 횡단보도에 뛰어드는 바람에 부딪혔나보더라. 피해자 쪽이 억지를 쓰고 있으니까, 차라리 소송하는 편이 금액이 적게 나온다고 하던데."

피해자도 법을 어겼고, 사고 원인을 제공했기 때문에 동구가 병원비를 다 물어주지 않아도 될 거라고 아빠가 말했다.

"잘 됐다! 병원비도 엄청 비쌀 텐데."

"그런데 목격자가 증언을 안 하려고 해서 좀 골치가 아파. 같이 있던 친구한테 증언 해달라고 하지, 왜 자기를 귀찮게 구냐고 한다던데?"

"친구가 있었대?"

나는 귀가 번쩍했다.

"동구는 아니라는데, 그 양반은 자꾸 봤다니 참."

역시 내 짐작이 맞았다. 이든이 그날 동구와 같이 있었던 거다. 그런데 왜 둘 다 그 사실을 왜 감추는 걸까.

'전동킥보드를 같이 탄 게 알려지면 이든이도 처벌받을까봐 그러나?'

무면허도 불법, 횡단보도에서 전동킥보드를 타는 것도 불법이니 알려지면 곤란하긴 할 터였다.

그런데 이든과 동구가 갑자기 데면데면해진 것도 이상했다. 둘이 실과 바늘처럼 붙어 다니더니, 사고 이후 눈에 띄게 따로 다녔다.

이든은 쉬는 시간에도 주변의 아이들과 어울렸고, 점심시간에도 그 애들과 밥을 먹었다. 동아리 활동 시간에도 부원이 된 다른 애들과 교실을 나가버렸다.

동아리 시간에 마지못해 음악실로 걸어가던 동구의 뒷모습엔 힘이 하나도 없었다. 수업이 끝나고 돌아온 동구의 표정도 어두웠다.

'이든이 자식, 옛날이나 지금이나 자기 생각만 하는 건 똑같네. 전동킥보드로 꿀 발라서 동구 데리고 다닐 때는 언제고, 이제 불똥 튈까봐 꼬리 자르기를 하겠다는 거지?'

이든의 일거수일투족이 내 눈에는 더욱 얄밉게 보였다.

09

뒤틀린 관계

"같이 공연 보러 가면 좋을 텐데. 아쉽다."

가방을 싸며 수수가 말했다.

"다음에 꼭 같이 갈게."

"그래. 오늘은 형이랑 맛있는 거 먹고 재미있게 지내. 대신 내일 연습하러 꼭 가는 거다?"

나와 수수가 얘기를 하고 있는데, 휴대폰 도우미인 동구가 다가왔다. 바구니에서 내 휴대폰을 꺼내 주며 동구가 물었다.

"송인하, 너 형도 있었어? 몇 학년이야?"

"어, 원래 고2인데……. 학교 안 다녀."

"자퇴했어?"

내가 머뭇거리자 수수가 동구에게 물었다.

"너 오늘 뭐해? 같이 풍물 공연 보러 갈래? 덕산 오빠랑 강산이도 갈 건데."

"갑자기 무슨 공연?"

"풍물 강사님이 비보이들이랑 호연 아트홀에서 공연하셔."

"나도 가고 싶지. 그런데 운동장 청소해야 돼."

"청소 끝나고 와도 돼. 덕산 오빠도 3학년 수업 끝나야 되거든. 네 시 반쯤 모이면 되니까 너도 그때 와."

"난 풍물반도 아닌데 뭐. 너희들이나 잘 갔다 와."

동구는 휴대폰 바구니를 들고 이든네 모둠 쪽으로 갔다. 거기서도 이든에게 뭐라고 말을 거는 모습이었다. 사고가 난 뒤로 이든과 통 어울리지 않더니 다시 사이가 좋아졌나 싶었다.

교실을 나가며 나는 휴대폰 전원을 켰다. 그 순간 기다렸다는 듯 전화가 걸려왔다. 모르는 번호였다.

"여보세요."

"예, 누구세요?"

"최영환 변호사야. 혹시 생각 좀 해봤나 해서."

"생각이요?"

"증언 말이야. 네가 불이익 받을까봐 걱정하는 거 같은데, 그럴 일은 절대 없어. 분명히 약속할게."

"무슨 말씀인지 모르겠어요. 전화 잘못 하신 거 같아요."

"홍이든 아니야?"

"이든이…….."

전화기를 살펴보니 휴대폰 케이스 귀퉁이에 찍힌 흠이 있었다. 동구가 실수로 휴대폰을 바꿔서 준 거였다.

"이든이랑 전화기가 바뀌었네요. 제 거랑 똑같이 생겼거든요."

"어쩐다. 지금 통화 좀 했으면 좋겠는데……."

"이든이가 제 휴대폰 갖고 있으니까 전화해 보세요."

"전화번호 좀 알려줄래?"

통화를 끝낸 뒤 나는 사방을 두리번거렸다. 혹시 이든이 아직 교내에 있을까 해서였다. 집에 가는 버스를 타기 전에 휴대폰을 바꿔야 할 텐데 이든은 보이지 않았다. 변호사와 통화가 안 된 건지 전화도 걸려오지 않았다.

이든에게 직접 전화를 걸려고 해도 패턴 잠금장치 때문에 불가능했다.

"어쩌지?"

난감하던 차에 운동장 청소를 하던 동구가 다가왔다. 이든과 휴대폰이 바뀌었다고 하자 동구는 커다란 눈을 껌벅거렸다.

"미안해. 몰랐어."

"이든이 연락처 알지? 휴대폰 바꾸자고 네 전화로 연락 좀 해줄래?"

"나 지금 휴대폰 없는데. 그 전화로 해 봐."

"잠금 되어 있는데."

"투 엑스야."

"응?"

동구는 이든의 휴대폰을 받아들더니 X자 패턴을 두 개 그렸다. 그러자 잠금 장치가 풀리고 문자 메시지와 부재중 전화 알람 등이 떴다.

내가 말릴 새도 없이 동구가 메시지를 훑어보며 말했다.

"이든이 어디 멀리 갔나 봐."

"아, 진짜?"

"이거 봐."

동구가 psy에게서 온 문자들을 보여주었다.

> 지금 교문 앞에서 기다리고 있어.

> 고모부도 내가 아파서 널 한국으로 부른 걸로 알고 있으니까, 영국 생활에 대해 물어보면 좋은 얘기만 해.

> 민 선생과 4시에 호연시청에서 만나기로 했어. 수업 끝나자마자 빨리 나와. 청소년외국어봉사단 신청 마감이 오늘이래. 접수하고 5시 30분에 의원님 만나서 식사할 거야.

psy라고 저장되어 있기에 나는 사이코 psycho의 약자를 연상했다. 그런데 문자 내용을 보니 psy는 이든의 엄마였다.

"이든이 자기 엄마가 아파서 한국 들어온 거라고 했잖아. 근데 거짓말 인인가 봐."

동구가 눈을 빛내며 말했다.

"무슨 사정이 있겠지."

"무슨 사정? 뭔가 사고치고 한국 돌아온 거 같지 않아?"

"글쎄……. 그건 모르지."

나 역시 형의 조현병을 모든 사람에게 숨겼다. 형이 요양 할 때나 정신병원에 있을 때도, 형이 기숙사에 있다고 둘러대 왔다. 그 처지가 되어보지 않으면 말하기 어려운 일들도 있다. 이든 역시 그런지 몰랐다.

잠금 장치를 열어 비밀을 엿본 걸 알면 이든이 화를 낼 게 분명했다. 그런데 동구는 걱정도 안 되는지 태연히 대화방까지 열고 내용을 읽어 내려갔다.

"이거 좀 봐봐. 이든이 요새 이래서 바쁘다고 했나 봐. 근데 애네 엄마는 뭐 하러 이러지? 이든이는 어차피 내년까지만 여기서 학교 다닐 거라던데."

동구가 휴대폰을 코앞에 들이밀어 보여주었다.

> 민영 선생님은 서울에서도 모시기 힘든 실력자야.
> 지금까지 스카이 보낸 애들이 수십 명이란다. 몸값도 비싸지만
> 큰사랑교회 목사님 부탁으로 특별히 맡아주셨다는 걸 명심해.

> 서울 애들하고 공부로 경쟁해서 이기긴 어려워.
> 그 애들은 중3 선행학습은 보통인데, 너는 한국의 중1 과정도
> 안 했잖아.
> 열심히 따라가긴 해야겠지만 대입 정시는 힘드니까,
> 민영 선생님이 수시전형으로 미리 설계해 주신 거야.
> 고등학교 입학해서 학종 관리하면 이미 늦으니깐.

이든의 엄마가 올린 스케줄 표에는 학교 수업 진도에 맞춘 각 과목 학습 일정, 체험 및 봉사 활동, 각종 대회 일정 등이 날짜와 요일 별로 정리되어 있었다.

내 눈에 그리 낯설지 않은 일정표였다. 먼젓번 살았던 아파트 단지의 친구들 형이나 누나가 받고 있던 입시 코디 스케줄과 비슷했다.

"이든이가 다시 영국 갈 거래?"

"미국이나 캐나다로 갈 거래. 엄마 등쌀에 일단 들어왔는데, 한국에서 고등학교 다닐 생각은 없댔어."

"자기 엄마한테는 그런 말 안 했나 봐?"

"못 했겠지. 그러면 또 외삼촌한테 말할 거니까."

"외삼촌?"

"목사님 말이야. 이든이 목사님 되게 무서워 해. 어릴 때부터 이든이 잘못하면 목사님한테 맡겼는데, 마귀 쫓는다고 기도하면서 때리고 그랬대."

말을 하면서도 동구는 이든의 휴대폰 속 정보를 계속 뒤졌다.

"그만 봐, 동구야. 이든이 사생활이잖아."

"가만있어 봐. 찾아 볼 게 있어서 그래."

동구는 들은 척도 안 했다. 그러더니 곧 찾는 내용을 발견했는지 씨근거렸다.

"이럴 줄 알았어. 나쁜 새끼!"

"뭔데 그래?"

"넌 몰라도 돼."

"어디 봐."

궁금해진 나는 휴대폰을 뺏어서 읽어보았다.

> 아까 통화했던 최영환 변호사야. 사고 장소 주변 상인에게 들으니 피해자 과실도 컸다고 하던데. 그날 네가 본 대로만 간단히 적어 주지 않을래? 그러면 동구가 많이 유리해 지는데.

> 무슨 말씀인지 모르겠네요.
> 거기 없었다고 했잖아요.

> 그날 동구하고 근처에서 찍은
> 스티커 사진도 있던데?

그래픽 카드만 사서 저는 먼저 왔어요. 사진은 그 전에 찍었고요. 동구가 사고 났을 때 제가 있었다고 그래요? 거짓말이에요. 아무리 친구라도 거짓 증언을 할 수는 없잖아요?

그리고 자꾸 연락하지 마세요. 부모님 아시면 저 혼나요.

화가 난 표정으로 계속 시발거리며 욕을 하는 동구에게 내가 물었다.

"어떻게 된 건데? 사고 날 때 이든이랑 같이 있었던 거야?"

"말 못 해."

"왜?"

"못 하니까 못 하지."

동구는 버럭 성질을 내더니 돌아서서 가버렸다.

'대체 무슨 일이람.'

영문을 알 수 없었다. 맞으면 맞고 아니면 아니지 말을 못한다는 건 또 뭔지.

쓰레기 봉지를 들고 쿵쿵대며 걸어가는 동구의 뒷모습을 보고 있자니, 휴대폰이 바뀐 게 단순한 실수가 아니라는 느낌이 들었다.

'계획적으로 휴대폰을 바꾼 걸까? 이든이 오늘 멀리 가니까, 바뀐 휴대폰을 바로 못 찾는다는 걸 알고?'

휴대폰을 돌려주며 이런저런 말을 걸어 정신을 분산시킨 것도 그렇고, 이든을 찾느라 두리번거리자 동구가 바로 나타난 것도 수상했다. 한 번 의심을 하니 자꾸 그쪽으로 생각이 기울었다.

'동구가 그렇게 치밀한 아이일까?'

지금까지 보아온 이미지와는 너무 달랐다. 그러나 사람은 얼마든지 많은 면모를 가지고 있다는 것 쯤 나도 알고 있었다. 전동킥보드 사고 문제로 동구는 이든의 전화기를 확인해보고 싶었던 건지도 몰랐다.

수수가 동구에게 이든과 함께 호연 시에 간 거 아니냐고 추궁하던 장면도 떠올랐다.

'수수도 뭔가 알고 있었나?'

어쨌거나 이든이 멀리 갔으니 당장 휴대폰을 바꾸긴 틀린 일이었다. 할 수 없이 나는 버스정류장으로 향했다. 내 휴대폰은 잠금장치를 해놓지 않았으니, 전화가 바뀐 줄 알면 이든이 연락을 해올 터였다.

집에 도착해서 옷을 갈아입는데 집배원이 벨을 눌렀다.

"정재하씨 댁 맞아요? 소포 왔습니다."

"소포가요?"

형에게 소포가 오다니. 나는 고개를 갸웃하며 일층으로 내려갔다.

'형 생일이라고 아빠가 선물을 보냈나?'

그럴 리 없지만 그래도 혹시나 했는데, 확인을 하니 역시 아니었다. 보낸 사람 주소는 없고 '시크릿 걸'이라고만 써져 있었다.

"형, 시크릿 걸이 누구야?"

"글쎄? 누구지?"

내가 소포를 갖다 주자 형도 어리둥절했다.

"빨리 뜯어 봐라."

궁금해서 참을 수 없는지 엄마가 말했다.

형이 느릿느릿 겉봉을 뜯자 생일축하 카드와 헐렁한 티셔츠가 나왔다.

"누구야, 형?"

"화영이."

"화영 누나였구나! 어디 봐."

형이 카드를 다 읽자마자 나는 얼른 뺏어서 읽어보았다.

정재하, 생일 축하한다.
너한테 딱 어울릴 거 같은 옷이 눈에 띄어서 샀어.
이 옷 입고 착용샷 찍어서 나한테 보내. 인하 폰으로.

PS. 헤어 디자이너 된 기념으로 언제 커트 해주러 갈게.

— 화영

"화영이?"

엄마가 고개를 갸웃하며 물었다.

"중학교 때 화장 진하게 하고, 옷 이상하게 줄여 입고 다녔던 그 애?"

"맞아요. 화영 누나."

내가 대답했다.

"걔가 우리 주소를 어떻게 알고?"

"아, 내가 알려준 적 있어요."

"그 애가 너한테 연락을 했어?"

"이사하기 전에 화영이 누나가 찾아와서 잠깐 만난 적 있어요. 이사하면 바로 주소 알려달라고 하더라고요. 형 퇴원하면 놀러오겠다고."

이사 후 집 앞에 설치된 우체통을 보니 화영 누나의 당부가 생각났다. 그래서 문자로 주소를 알려주었는데, 고맙다며 장난기 가득한 이모티콘을 보내왔다. 그 뒤로 연락을 주고받은 적은 없었다.

"근데 화영 누나가 형 생일은 어떻게 알았지?"

"나랑 생일이 같으니까."

형이 옷을 만지작거리며 대답했다.

"포로리다. 귀엽지?"

티셔츠 호주머니에서 반쯤 기어 나온 다람쥐 모양 퀼트를 가리키며 형이 말했다.

"이쪽 주머니에 보노보노도 있어, 형! 찾아보면 다른 캐릭터도 있을 거 같은데? 역시! 이거 봐봐. 소매 이렇게 뒤집어 입으면 너부리가 나와."

형의 얼굴에 희미한 미소가 서렸다. 어린 시절의 형 모습이 보였다. 수업이 일찍 끝난 내가 방과 후 돌봄 교실에 있으면, 형이 종례를 하자마자 곧장 데리러 오곤 했다. 형의 손을 꼭 잡고 집으로 돌아가던 후인동 언덕길. 문을 열면 어둑하고 큼큼한 냄새가 나지만 편안함이 밀려오던 집. 형과 같이 숙제하고 간식 먹고 애니메이션을 보며 웃고 떠들었던 기억. 보노보노 만화영화는 형과 내가 무척이나 좋아해서, 말투를 흉내 내기도 하고 캐릭터를 그리며 놀기도 했다.

"형, 그때 보노보노 캐릭터 진짜 똑같이 따라 그렸는데. 학교 가져가면 애들이 막 자기 달라고 하고 난리였어."

"그랬어?"

형과 내가 그때 얘기를 하며 즐거워하자, 엄마가 슬쩍 말했다.

"저녁상 차릴 동안 산책이라도 잠깐 나갔다 올래?"

아직 햇볕이 남아있을 때 형이 신선한 바람이라도 쐬었으면 하는 거였다.

"그러자, 형. 이 옷으로 갈아입고 나가자. 사진 찍어서 화영 누나 보내 주게."

"사진은 무슨……."

"착용샷 보내라는데 안 보내면 누나가 섭섭해 하지. 어서 입어 봐, 형."

"머리도 지저분한데."

"그럼 머리 빗고 면도도 하고 와. 어서, 형?"

내가 떠미는 대로 형은 순순히 세면장으로 들어갔다. 이런 생기 있는 반응은 처음이었다.

말끔해진 얼굴과 머리로 새 옷을 입은 형은 딴 사람 같아보였다. 헐렁하면서도 세련된 보헤미안 스타일 티셔츠는 형의 불어난 체중을 커버해 주면서, 멋스러운 여유를 느끼게 했다.

산책로로 나가는데 휴대폰이 울렸다. 이든이구나 짐작하며 전화를 받았다.

"여보세요."

"너 내 전화기 갖고 있지?"

"응. 휴대폰이 바뀌었네. 너 한참 찾았는데 없어서 그냥 집에 왔어."

"전화 온 건 없었어?"

"어떤 변호사가 전화 했어."

"그 사람이 뭐라고 했는데?"

"별 말 안 했는데. 그냥 휴대폰 바뀌었다고 하고 내 번호 알려줬어. 통화 안 했어?"

"전화 이제 켰어. 부재 중 전화 온 거 같아."

"통화해 봐. 내 전화 써도 괜찮아."

"괜찮아. 모르는 사람이야."

"아, 그래?"

이든의 자연스러운 대꾸에 나는 놀랐다. 동구의 문제로 이미 통화를 한 적도 있고, 문자까지 주고받은 걸 봤는데 모르는 사람이라고 하다니.

"이따가 삼거리로 잠깐 나와. 휴대폰 바꾸게."

이든이 말했다.

"내일 낮에 바꾸면 안 돼?"

"안 되는데. 휴대폰 저장된 거 써야 돼."

"거기 가려면 버스 타고 나가야 되는데…… 오늘 형 생일이라서 좀 그래."

"그럼 여덟 시에 너희 집 앞으로 갈게. 잠깐 나와."

"그래줄래? 고마워."

형은 저만치 앞서 느릿느릿 걸어가고 있었다. 나는 서둘러 형의 곁으로 뛰어갔다.

푸짐하게 차려진 식탁에서 모처럼 세 식구가 화기애애하게 저녁을 먹었다. 화영 누나가 보내준 선물 덕분인지 형은 눈에 띄게 기분이 좋았다.

엄마도 화영 누나에게 관심을 가졌다.

"화영이 말이야, 헤어디자이너 됐다는 게 무슨 말이야? 학교 안 가고 미용실에서 일해?"

"미용고등학교 다녀요."

형이 대답했다.

"실업고등학교에 간 거구나. 대학 안 가고 취업할 모양이지?"

"미용 전문학교 갈 거래요. 메이크업 전공한대요."

"넌 그걸 어떻게 알아?"

"화영이가 말해줬어요."

"언제?"

"병원에 있을 때요."

"병원에? 걔가 면회를 왔다고?"

엄마는 깜짝 놀랐다.

"근데 왜 말 안 했어?"

"또 못 만나게 할 거잖아요."

"아니, 그 땐 공부할 때니까……."

엄마는 갑자기 사레가 들렸는지 기침을 하며 물을 마셨다.

나도 기억한다. 엄마가 화영 누나를 얼마나 경계했던지. 나이도 어린 게 화장이나 하고 끼 부리고 다닌다며, 앞날이 창창한 형을 유혹하려 한다고 의심했다.

중학교 입학했을 때 짝이 된 후로 형은 화영누나와 줄곧 친하게 지내왔다. 처음엔 우리 집에도 몇 번 놀러 왔다.

그런데 형의 성적이 점점 올라가자, 엄마는 화영 누나를 꺼리고 경계했다. 어느 순간부터는 노골적으로 싫은 표시도 냈다. 화영 누나가 더 이상 우리 집에 오지 않게 된 건 그때부터였을 거다.

그러나 형이 조현병에 걸린 지금, 형을 걱정하며 연락하는 친구는 화영 누나뿐이다. 엄마는 수준이 맞는 친구들과 어울리라고 했지만, 그들은 대입 준비에 바빠서 형의 존재조차 까맣게 잊어버렸을 거다. 강력한 경쟁자 한 명이 탈락한 것을 다행스러워 할지도 모른다.

"근데 화영 누나도 생일이라며? 선물 받았으니까 형도 뭔가 선물 보내줘야 되지 않아?"

"화영이 그런 거 따질 애 아니야."

"그건 형이 몰라서 그래. 형이 선물 받아서 기분 좋듯이 화영 누나도 마찬가지라니까."

"그건 그렇겠지."

"화영 누나가 뭐 좋아했어? 한 번 생각해 봐봐."

"음악 듣는 거 좋아하긴 했는데, 지금도 좋아하는지 모르겠어."

놀랍게도 형의 눈빛이 살아 있었다. 화영 누나는 고립된 섬이 되어 버린 형과 세상을 이어줄 다리 같은 존재임을 나는 새삼 깨달았다.

이든은 약속대로 밤 여덟 시에 우리 집 앞에 왔다. 휴대폰과 함께 케이크 상자를 내밀었다.

"이런 건 왜 사 왔어?"

"산 거 아니고 선물 받은 거야. 그런데 난 원래 케이크 안 먹어서."

"아, 그래? 고마워."

잠자코 받긴 했지만, 이든도 내 전화기 메시지들을 읽었구나 싶었다.

어제 수업 끝나고 케이크를 사갈까 말까 엄마와 톡을 주고받았다. 엄마는 떡을 주문했다며 케이크까지 어떻게 다 먹느냐고 했고, 내가 생일 초만 사가겠다고 했다. 그래서 오늘 아침 떡에 생일 초를 꽂고

축하노래를 불러주었다.

"아, 참. 톡 알람 울려서 나도 모르게 눌러본 것도 있어. 하지만 내용을 읽진 않았어. 네 프라이버시잖아."

내 생각을 눈치 챈 듯 이든이 말했다. 이든의 태연한 거짓말 실력은 이미 봤지만 나는 내색하지 않았다. 본의 아니게 이든의 휴대폰 내용을 봤다는 말도 굳이 하지 않았다. 그 말을 들으면 동구를 가만두지 않을 테니까.

"그럼 내일 보자."

이든은 전동킥보드를 타고 자전거도로로 빠르게 사라졌다.

형 생일이 오늘이라는 것을 알고 있는 것처럼, 이든은 재하 형이 정신병원에서 나왔다는 것 또한 알고 있을 거다. 기분이 좀 찜찜하긴 했지만, 작년처럼 비밀이 들킬까봐 조마조마하진 않았다. 기를 쓰고 숨겨도 비밀은 결국 드러난다는 걸 알게 되었기 때문이다.

이든뿐 아니라, 지난번 산책로에서 만났을 때 수수도 이미 눈치를 챘을지 몰랐다. 화안읍은 좁아서 어차피 다들 알게 될 일인데, 이래저래 아는 사람이 생기는 것도 나쁘지 않다는 생각마저 들었다.

"웬 케이크야?"

"친구가 휴대폰 바꾸러 오면서 줬어요."

"까망베르네. 형 생일이라고 말했던 거야? 여기까지 갖다 주고 고마운 친구로구나."

"이든이라고, 런던에서 삼 년 동안 유학하다 왔대요."

"런던에서?"

형이 관심을 보였다.

"런던 어디에 살았대?"

"첼시인가? 축구장 있는 동네라던데."

"나 거기 가봤어. 거기 되게 부촌이야. 조엘도 나중에 어른 되면 첼시에 집을 사고 싶어 했는데."

조엘이란 이름에 나는 흠칫했다.

재하 형이 찍은 사진 속에는 한 번도 등장하지 않고, 형의 이야기에만 등장했던 조엘. 어쩌면 실제 인물이 아닐지도 모른다는 생각을 무의식중에 하고 있었는데.

동아리 방의 알림음이 연신 울렸다. 지니 쌤의 공연에 대한 감탄과 찬사의 글이 올라왔다. 수수가 올린 영상을 보니 나도 저절로 입이 벌어졌다. 지니 쌤이 코믹 브레이크댄스도 엄청 잘 췄기 때문이다.

웃음을 감추지 못하는 나를 보고 형이 물었다.

"학교 친구들이야?"

"풍물 선생님 공연이야."

나는 영상을 확대해서 보여주었다.

"학생 같아 보이는데 선생님이니?"

엄마가 물었다.

"되게 어려 보이죠? 그런데 지니 쌤 대학교 졸업했어요. 지금 시립전통예술단 소속이래요."

"실력 있는 분인가 보구나."

자른 케이크 조각을 각 접시에 담아주며 엄마가 말했다.

"되게 재밌게 가르쳐요. 원래 방과 후 학교 풍물반 선생님인데, 동아리 지도도 맡아주기로 했어요. 외부 선생님도 동아리 지도교사를 할 수 있대요."

말을 하다 보니 화안한 집 공연 연습이 생각났다.

수수는 내가 올 거라고 믿고 있지만 나는 망설여졌다. 왕초보 주제에 오래 연습해온 공연 준비 팀에 뒤늦게 들어간다는 게 주제 넘는 짓 같았기 때문이다. 그렇지만 솔직히, 화안한 집에 들락거릴 수 있는 자연스러운 기회를 놓쳐선 안 될 것 같았다.

"풍물 동아리 애들이 다음 달에 공연을 해요. 내일부터 나도 같이 연습하자고 하는데 어떻게 할까요?"

"너희들이 벌써 공연을 한다고? 동아리 만든 지 얼마나 됐다고."

"원래 엄청 잘하는 애들이에요. 나만 못해요. 그런데 뒤에서 제일 쉬운 거 하면 된다고 해서요."

"국악인 될 것도 아니고, 일주일에 뭘 그렇게 여러 번 연습을 해? 주말엔 가족이랑 시간을 보내야지."

역시 엄마의 반응은 예상대로였다.

그런데 형이 갑자기 픽 웃었다. 엄마와 나는 흠칫 놀라며 눈을 마주쳤다. 형이 또 환청이나 환시가 온 건 아닌지 두려움을 느꼈다.

"우리 가족이 언제부터 주말에 같이 시간을 보냈다고 그러세요? 아빠랑 엄마는 늘 일만 했잖아요. 나 어렸을 때부터."

"재하야, 그땐 먹고 살아야 되니까……."

"못 먹고 굶었어요? 그래서 인하랑 나를 생판 남의 집에 맡겼냐고
요!"

형의 눈에 분노가 이글거렸다. 나는 깜짝 놀라서 엄마를 쳐다보았
다. 형과 내가 남의 집에 맡겨졌다니 처음 듣는 얘기였다.

"그룹홈에 잠시 있었던 것 때문에 그러니?"

엄마는 당황하며 말했다. 그땐 아빠의 사업 빚 때문에 전세보증금
까지 날아가서 어쩔 수 없었다고.

"학교 입학 전이었는데 그게 기억나? 겨우 칠개월 동안이었는데."

"겨우 칠 개월이요?"

"아니 하루라도 빨리 데려오려고 했지. 그런데 형편이 안돼서…….
그때 무슨 일이 있었니? 나중에 안좋은 일로 그 집이 없어졌다는 말
은 들었는데……."

엄마는 형 눈치를 보며 더이상 말을 잇지 못했다.

"늘 그랬죠. 자기들 위주로. 마음에 들면 좋아하고 조금 힘들면 버
리고."

"버리긴 언제 버렸다고 그러니? 그게 다 너희를 위해서……."

"폐쇄 병동에 쳐 넣는 게 날 위한 거였다고요? 내가 뭘 원하는지 관
심이나 있어요?"

형의 얼굴이 험악하게 일그러졌다.

나는 놀라서 엄마와 형 사이를 가로막았다.

"그만들 해요. 다 지난 일이잖아. 내가 연습 안 가면 되잖아요. 그냥 안 할게요."

"아니야. 넌 너 하고 싶은 거 다하고 살아. 가족들 신경 쓰지 말고. 나 때문에 너하고 싶은거 못하면 그건 내가 싫어."

말을 마친 형은 급격히 피로해진 듯 지친 표정으로 입을 다물었다.

형 눈치를 살피며 엄마가 내게 물었다.

"연습은 어디서 하는데? 학교에서?"

"아니요. 화안한 집에서요."

"화안한 집?"

엄마는 당혹스러운 표정이 되었다. 조현병 환자들의 공동체라는 걸 알고 있었기 때문이다. 환자 가족 교육이 그곳에서 열리니 가보라고 내가 여러 번 말하기도 했고, 정신건강복지센터 공무원도 참가하라고 몇 번 전화했다. 엄마는 끝내 가지 않았지만.

"왜 거기서 연습을 해?"

"센터 건물을 짓고 있는데 다음 달에 완공 된대요. 개관식 때 풍물 공연도 하고, 그림 전시회랑 다른 행사도 많이 한대요. 사람들도 많이 초대하고."

엄마는 가만히 있었다. 말은 하지 않았지만 화안한 집에 관심이 있는 건 분명했다.

10

위험한 아이들

요즘은 아침에 눈을 뜨면 가슴이 두근거린다. 풍물 연습을 일주일에 서너 번이나 하게 되어 즐겁다.

동아리 활동을 하는 수요일도 기다려진다. 지니 쌤이 동아리 지도교사를 맡았기 때문이다. 동아리 부원들이 학교에 건의를 했고, 다행히 지니 쌤도 수요일 오후에 시간을 비울 수 있어서 가능했다.

수요일엔 급식 메뉴도 인기다.

"우와, 스파게티다."

"미트볼도 나왔어!"

민서는 물론 인하까지 좋아하는데, 머거맨 동구만 침울한 표정으로 말이 없었다.

"동구야, 나 샐러드 좋아하는 거 알지? 미트볼이랑 바꿔 먹자."

나는 숟가락으로 미트볼을 듬뿍 떠서 동구의 식판에 놓아주고, 젓가락으로 샐러드를 약간 덜어왔다. 예전 같았으면 엉덩이춤이라도 추었을 텐데 동구는 묵묵히 쳐다보기만 했다.

'왜 그러지? 교통사고는 해결이 잘 될 거 같다고 했는데.'

전동킥보드 사고가 찍힌 상가 차량 블랙박스를 최 변호사 아저씨가 확보했다고 들었다. 피해자 과실이 입증되었기 때문에, 병원비를 반반 내는 정도로 합의를 할 수 있을 거라고 했다. 소송을 해도 그 이상의 돈은 들지 않을 거라고 해서 반가웠는데, 동구한테 또 다른 문제라도 생긴 걸까.

'이든이 때문인가?'

나는 뒤편 테이블을 슬쩍 돌아보았다. 이든이 가스펠송과 밴드 동아리 애들이랑 밥을 먹으며 얘기 나누고 있었다. 연습곡을 선정하는 중인 것 같은데 동구에게는 말 한 마디 걸지 않았다.

"나 먼저 일어날게. 덕산 오빠랑 좀 빨리 만나기로 했거든."

나는 서둘러 밥을 먹고 일어났다.

"인하야, 천천히 먹고 와. 이따 다목적실에서 만나자."

"그래."

인하가 엷은 미소를 지어보였다. 풍물을 시작한 뒤 확실히 인하의 표정이 부드러워졌다.

나는 교실로 가서 휴대용 칫솔을 꺼내 화장실에서 양치를 했다. 칫솔을 사물함에 다시 보관해놓고 다목적실로 향했는데, 가다보니 화장실 뒤쪽에 동구와 이든이 보였다.

'둘이 뭐하는 거지?'

그냥 지나가려다 나는 멈춰 섰다. 동구가 뭔가 따지자 이든이 동구의 가슴을 자꾸 툭툭 건드렸다.

"하지 말라고 했잖아, 새끼야!"

동구는 화를 내며 이든을 밀었다. 그다지 세게 떠민 건 아니었는데 이든은 쓰러지며 땅을 한 바퀴 굴렀다.

"어, 싸움 났다."

"어디, 어디?"

애들이 우르르 모여들었다.

'아이고 참, 동구 쟤는 생각이 왜 저렇게 없어? 안 그래도 선생님들한테 찍혔는데 왜 싸움까지 벌이고 야단이야.'

나는 싸움을 말리려고 재빨리 달려갔다. 그 사이에 이든이 동구에게 돌려차기를 날렸다. 동구는 그 큰 덩치로 보기 좋게 뒤로 벌러덩 넘어졌다.

"동구야, 괜찮아?"

나는 동구를 일으키려고 했다. 동구는 내 손길을 뿌리치더니, 이든에게 황소처럼 돌진했다. 하지만 이든은 황소를 다루는 투우사처럼 옆으로 슬쩍 비키며 되레 다리를 걸었다. 그 바람에 동구는 또 엎어져 코를 땅에 박고 뒹굴었다.

"우와, 쟤 누구야?"

"무술 배웠나 봐."

금세 구경꾼들이 늘어났다. 이든은 여유만만 그 상황을 즐기는 표정이었다.

"야, 홍이든. 너 깡패야? 왜 싸움은 걸고 그래?"

내가 따졌다.

"누가 싸움을 걸었다고 그래? 쟤가 밀쳐서 나 넘어진 거 못 봤어?"

"네가 먼저 쳤잖아."

"무슨 소리야? 쟤가 덤비니까 정당방위를 한 것뿐이야."

이든은 목소리를 높이지도 않고 어깨만 으쓱해보였다.

"멋져요, 형!"

"최고예요."

액션에 열광한 일 학년들이 삼층 교실 창가에서 환호를 보냈다.

"홍이든, 이 새끼. 너 가만 안 둘 거야. 이거 놔! 내가 변호사한테 말한 거
아니랬잖아! 왜 사람 말을 안 믿어? 나도 더 이상 못 참아. 다 까발릴 거라
고. 알았어, 새끼야?"

인하랑 우리반 아이들에게 끌려가며 동구는 소리를 질러댔다.

"무슨 일이야? 왜 이렇게 소란스러워?"

교무부장 선생님이 밖으로 나오자 구경꾼들은 뿔뿔이 흩어졌다.

"죄송합니다. 친구와 가벼운 다툼이 있었습니다. 앞으로 조심하겠습니
다."

이든은 정중하고 깍듯하게 말했다.

"홍이든. 영국 신사가 그러면 되나. 동구하고 둘 다 반성문 써가지고 교
무실로 갖고 와."

"알겠습니다, 선생님."

동구를 자극해서 싸움을 일으킬 때는 언제고, 세상 반듯한 모범생 흉내를 내는 이든을 보니 나는 입이 안 다물어졌다.

"너 덕산 형 만난다고 하지 않았어?"

교실로 가니 인하가 물었다.

"아, 맞다. 덕산 오빠가 좀 일찍 오라고 했는데!"

"지금이라도 빨리 가 봐."

"수업 시간 다 됐는데, 너는 왜 여기 있어?"

"가야지. 근데 동구는 어쩌지?"

반 아이들은 다들 동아리 모임 장소로 떠났거나 나가는 중이었다. 그런데 동구는 자기 책상에 엎드려 있었다. 2-6반이 모임 장소인 '우리 역사 탐구' 동아리 아이들이 동구를 흘깃대며 어서 나가주기만을 바라고 있었다.

"동구도 풍물 동아리에 데려갈까?"

내가 작은 소리로 말했다.

"그럼 좋지. 근데 동구가 가려고 할까?"

"이든이 동아리로 보낼 순 없잖아. 그러니까 동구도 저러고 있는 거고."

"그렇지."

나는 동구에게 다가가서 말했다.

"동구야, 나가자."

"싫어."

"교실에서 다른 동아리 활동하잖아. 좀 있으면 선생님도 오실 걸."

그제야 동구는 마지못해 일어났다.

풍물 동아리로 초대한다며 인하와 둘이 어르고 달래서 다목적실로 데려갔다.

"우와, 동구 형이다!"

강산이 반겼다.

"동구도 우리 동아리 들어올 거야? 잘 생각했어."

덕산 오빠도 웃으며 맞아주었다.

"오늘은 구경 온 거야."

"그래? 어쨌든 잘 왔어. 인하 옆에 앉으면 되겠다."

내가 북과 북채를 챙겨주었다.

동아리 활동은 늘 그렇듯 웃음과 활기로 가득 찼다. 동구도 처음에는 어색해하더니 곧 잊어버리고 같이 어울렸다. 어차피 아직 걸음마 단계라 연주라고 어려울 것도 없었다.

"동구라고 했지. 처음 해보는 거 같지 않은데? 전에 타악기 배운 적 있어?"

"드럼이요."

"역시 그렇구나. 실력이 초보자가 아니야. 리듬감도 좋고 힘도 좋아서, 타법만 제대로 배우면 훌륭한 고수가 되겠어. 풍물반에 스카우트 해야겠는 걸."

지니 쌤의 칭찬에 동구의 입은 저절로 벌어졌다.

내가 듣기에도 동구가 함께하니 풍물반 북소리가 아주 빵빵했다.

"동구야, 너 동아리 바꿔라. 풍물반 들어 와."

"동아리 신청 기간 다 지났잖아. 지금 못 바꿀 걸?"

"선생님한테 허락받으면 괜찮을 거 같은데? 한번 말씀드려 봐."

"그럴까?"

솔깃한 표정으로 동구가 대답했다.

동아리 활동이 끝난 후 나는 덕산 오빠에게 말했다.

"오빠, 미안해. 아까 늦게 와서."

"동구가 이든이랑 싸웠다며? 얘기 들었어. 딴 게 아니고, 풍물복 때문에 얘기 좀 하려고 했지. 아빠가 나랑 강산이는 개인 옷을 따로 사라고 하셨거든."

"왜? 화안한 집에서 한꺼번에 구입하기로 했잖아."

주말 연습 때 공연복 콘셉트를 정했다. 하얀 민복에 다리에 행전을 하고 흰 양말에 미투리를 신는 건 어느 풍물패나 똑같다. 거기에 검은 더거리를 입고 삼색띠를 매면 동서남북중앙의 다섯 방향과 의미를 상징하는 오방색 기본 풍물복장이 된다.

그런데 개관식 날은 잔칫날이니까, 검은 더거리 대신 우리는 화사한 빨강 조끼를 입기로 했다. 그리고 앉은반 공연뿐 아니라 화안한 집을 돌며 지신밟기도 할 거라서 고깔을 쓰기로 했다.

"아빠가 우리 때문에 예산 낭비를 하면 안 된다고 하셨어. 화안한 집에 풍물복이 그렇게 많이 필요 없을 거래. 우리 둘은 따로 사서 몸에 맞게 고쳐 입으라고 하셨어. 빌린 옷은 손댈 수도 없고 하니깐."

"고쳐 입긴 해야 되겠지."

"응. 옷이 대중소로만 나오니까, 수수 너한테도 클 거 같아. 어린이 풍물복을 따로 주문하면 모를까."

"어린이라니! 너무 한 거 아니야?"

덕산 오빠는 웃으며 말을 이었다.

"민복 소매도 손목 쪽을 좁게 바느질해야 되거든. 안 그러면 옷이 미끄러져서 손을 덮어버려. 조끼나 더거리도 너한테 커서 덜 예쁠 거야."

"그럼 나도 오빠랑 같이 개인 옷을 살래."

내가 말했다. 첫 공연복을 허수아비처럼 입고 싶진 않았다. 엄마가 살아 있었으면 분명히 내 몸에 맞게 옷을 맞춰주고 매무새를 가다듬어 주었을 거다.

"나도 그랬으면 싶어서 말한 거야. 너희 아빠가 풍물복 주문하시기 전에 미리 말씀드려야 되잖아."

"말해줘서 고마워, 오빠."

드디어 내 풍물복이 생긴다니 마음이 설렜다.

"그런데 인하는 어떡하지?"

덕산 오빠가 물었다.

인하는 지난 토요일에 처음 공연 연습에 참가했는데, 갑자기 옷을 사라고 하긴 그랬다.

"옷까지 사라고 하면 부담스러워하지 않을까?"

"그렇지? 몇 달 있으면 동아리 발표회 때 단체복 입어야 되니까, 그때 사라고 하자."

덕산 오빠는 수업 끝나고 풍물복을 주문 하겠다고 했다. 부천에 살 때 학교 풍물패에서 주문하던 곳이 있는데, 색상과 사이즈 그리고 옷감을 선택하면 택배로 맞춰서 보내준다고 했다.

"내가 가격 알아보고 다시 말해줄게."

"고마워, 오빠."

나는 덕산 오빠와 헤어져 부지런히 교실로 향했다.

그런데 동구와 이든이 교실 뒤편에서 또 마주 서 있는 게 아닌가. 씩씩대는 동구를 인하와 민서가 달래고 있었고, 이든은 어이없다는 표정을 짓고 있었다.

"홍이든. 또 왜 그래? 이제 그만 좀 하지?"

내가 말했다.

"내가 뭘? 동아리 시간에 안 와서 왜 안 왔냐고 물어본 것뿐인데. 동구 때문에 드럼이 없어서 연습이 엉망이 됐잖아."

"발차기로 때려눕혀 놓고 그런 소리가 나와? 금방 얻어맞고 금방 따라가서 너 하라는 대로 하라고?"

"공은 공이고 사는 사잖아. 친구끼리 다툴 수도 있지, 그 때문에 동아리 활동 빠져버리면 어떡해. 너무 무책임하잖아?"

이든은 침착하게 대꾸했고, 가스펠송과 밴드 부원 두 명이 동조의 눈빛을 보냈다.

"친구끼리 다툴 수 있다고? 동구가 전동킥보드 사고가 나자마자 갑자기 모른 척 한 사람이 누군데?"

"아닌데. 동구가 나를 모른 척 한 건데. 그 전에도 동구가 항상 나를 찾아왔지 내가 동구를 찾아다닌 적은 없거든."

이든의 표정도 대답도 차분하기만 했다.

"사고 난 뒤로 동구가 신경 쓸 게 많아서 그런가보다 했지. 여기저기 불려 다니느라 바쁜 거 같기도 하고."

거짓말인 줄 뻔히 알고 있는 나는 속으로 혀를 내둘렀다. 과연 언제까지 태연할 수 있는지 어디 보자는 마음이 뾰족 생겼다.

"그럼 하나만 물어볼게. 동구 전동킥보드 사고 났을 때, 그 자리에 같이 있었니, 없었니?"

단도직입적인 물음에 이든의 눈빛이 잠깐 흔들렸다. 그러나 곧 아무렇지도 않은 표정을 지으며 짐짓 불쾌한 듯 물었다.

"무슨 말을 하는 거야? 내가 왜 같이 있어? 그렇게 궁금하면 동구한테 물어봐."

아이들이 동구를 쳐다보았다. 동구는 황소처럼 씨근덕거릴 뿐 아무 말도 못했다.

"봤지? 내가 같이 있었으면 동구가 왜 아무 말도 안 하겠어?"

이든이 기세등등해서 말했다.

"동구가 말 못하는 이유가 있겠지. 하지만 블랙박스는 거짓말을 안 하니까."

"무슨 블랙박스?"

이든이 눈을 빠르게 깜박였다. 그 얘기는 아직 못 들은 모양이었다. 나는 여유롭게 미소를 지으며 말했다.

"궁금하지? 궁금하면 오백 원."

"무슨 소리야? 웬 횡설수설. 누가 사이코 집안 아니라고 할까봐……. 그 할머니에 그 손녀네. 나 참."

참을성이 다한 듯 이든이 신경질적인 반응을 보였다.

"블랙박스 얘기 하는데 사이코가 왜 나와? 그러는 넌 사이코패스 아냐?"

"이게 정말."

눈빛이 확 바뀐 이든이 나에게 다가섰다. 금방이라도 한 대 올려붙일 기세였다. 그 순간 인하가 재빨리 이든의 앞을 막아섰다.

"쌤 오신다!"

그때 누군가 소리쳤고 아이들은 뿔뿔이 자기자리로 돌아갔다. 이든도 자기 모둠으로 걸어가며 나를 다시 한 번 노려보았다.

사이코패스라는 말에 순식간에 바뀌던 이든의 살기어린 눈빛을 떠올리자 나는 서늘한 기분이었다.

'진짜 사이코패스가 맞나?'

그러자 갑자기 많은 것이 정리되는 기분이었다. 새총으로 유기견의 눈을 쏘아 실명시키고도 태연하던 표정, 개구리를 아무렇지도 않게 짓밟아 터뜨리던 모습.

높은 곳에 올라가는 것도 뛰어내리는 것도 겁내지 않고, 운동을 할 때면 공도 사람도 무서워하는 법 없이 돌진하던 아이. 그러면서도 매사 자신에게 유리하게 포장하는데 익숙하고, 다른 아이들을 교묘히 조종하는 걸 즐기던 진태.

'사이코패스란 말에 왜 그렇게 격한 반응을 보였을까. 자기가 사이코패스라는 걸 알고 있어서 그런 거 아닐까?'

만약 타인에 대한 공감 능력이 원래 결핍된 거라면, 이든을 그저 삐딱하게만 바라봐선 안 될 것 같았다. 조현병 환자가 보통사람들보다 힘든 조건에서 살아가기 위해 온힘을 다해야만 하듯, 감정을 느끼지 못하는 사람도 사회화를 위해 더 많은 훈련과 노력을 해야 한다는 걸 나는 어렴풋이 알고 있다.

"마동구, 홍이든 일어서!"

오소라 선생님이 화난 표정으로 교실에 들어섰다.

"점심시간에 왜 싸웠어? 너희들 때문에 내가 교무실에서 얼마나 창피를 당한지 아니? 특히 마동구! 너 때문에 우리 반이 전교에서 문제반으로 찍혔잖아. 나는 문제담임이 되어버렸고."

동구는 부루퉁한 표정으로 고개를 숙이고 있었다. 반면 이든은 두 손을 가만히 모은 채 깊이 반성하는 표정이었고. 내가 선생님이라도 이든을 감싸고픈 마음이 들 것 같았다.

'그 할머니에 그 손녀라니 무슨 뜻이지? 사이코 집안이라고?'

이든이 했던 말이 뒤늦게 마음에 걸렸다.

고모할머니 얘기는 아닐 거다. 내가 고모할머니의 손녀는 아니니까. 외할머니 얘기일 리도 없었다. 외할머니는 몽골에서 살다 돌아가셨으니까.

'그렇다면 아빠의 엄마 얘기라는 건데…….. 사이코라니 무슨 말일까?'

내 마음 깊은 곳에 있던 뭔가가 낚시 바늘을 덥석 문 느낌이었다.

'아빠는 왜 어린 시절 얘기를 싫어했을까? 할머니는 아빠를 낳자마자 편찮으셨다던데, 무슨 병이셨던 걸까?'

이든이 던진 말은 내 무의식을 집요하게 파고들었다.

할아버지에 대해서는 이래저래 들은 얘기가 있다. 수크령에 정신병원을 지어 운영했고, 대단한 사업가이자 큰 부자였다고. 그러나 할머니에 대해서는 윤옥잠이라는 성함 말고는 아는 게 별로 없다. 아빠한테 물어봐도 일찍 돌아가셨다는 말밖에 해주지 않았다.

'고모할머니한테 자세히 여쭤봐야지.'

나는 자전거를 타고 부지런히 안골 집으로 향했다.

고모할머니는 뒤란에 텃밭을 일구다가 나를 보자 환하게 웃었다.

"수수 왔니? 오늘은 일찍 왔구나."

"할머니한테 옛날이야기 듣고 싶어서 빨리 왔어요."

"옛날이야기를? 다 잊어버렸지. 하나도 기억 못 해."

"일단 어서 방에 들어가요."

"알았다. 손 씻고 과일이라도 좀 챙겨 오마."

조금 뒤 할머니가 딸기와 방울토마토를 접시에 담아왔다. 로컬푸드 매장에서 산 화안한 농장 채소들이다. 자꾸 팔아줘야 화안한 집 식구들이 힘이 난다고, 할머니는 마트에 갈 때마다 화안한 농장 채소를 사온다.

"고모할머니. 오늘 학교에서 이상한 말을 들었어요."

딸기를 먹으며 내가 말문을 열었다.

"무슨 말을?"

"어떤 애가 우리 할머니 얘길 하더라고요."

"누구? 나?"

"아니요. 아빠의 엄마에 대해서요."

"할머니 얘기를? 뭐라고 했는데?"

"그 할머니에 그 손녀라고……"

사이코 소리는 뺐다. 그런데도 고모할머니는 화를 냈다.

"어떤 놈이 그딴 소릴 해? 동구가 그러디?"

"동구 아니에요. 누가 말한 게 중요한 건 아니구요……, 나도 할머니에
대해 알고 싶어서 그래요. 할머니랑 할아버지는 어떻게 만나셨대요? 혹시
사진은 없어요?"

"……"

"아빠는 갖고 있겠죠? 엄마 사진이니까."

"글쎄다. 워낙 어렸을 때라."

"아빠 방에 가서 한번 찾아봐야겠다. 아빠한테 안 이를 거죠?"

내 얼굴을 한참 바라보던 고모할머니가 말했다.

"나한테 가족사진이 한 장 있긴 한데……"

"보여주세요!"

할머니는 미닫이 속에서 낡은 지갑을 꺼내 펼치더니 사진 한 장을 보여 주었다. 기와집 마당에서 찍은, 그야말로 옛날 사진이었다.

"가운데 계신 분이 우리 어머니 아버지야. 너한테는 증조모 증조부시지. 뒤쪽에 서 있는 사람이 우리 오빠랑 올케언니. 그러니까 수수 너의 할아버지, 할머니란다. 할머니가 참 고우시지?"

사진 속 할머니는 젊고 가녀렸다. 햇살에 눈이 부신 듯 가늘게 뜨고 있었지만 쌍꺼풀이 뚜렷한 큰 눈이었다. 백일 된 아기였던 아빠는 할머니 품에 안겨 있었다. 아빠가 이렇게 어린 아기였을 때도 있었구나 싶었다. 젊은 고모할머니와 처음 보는 고모할아버지를 보니 타임머신을 타고 과거로 간 느낌이었다.

"네가 어려서 그동안 할머니 얘기를 안 해줬지. 너희 아빠도 말하지 말라고 하고……. 그런데 너도 이만큼 컸으니, 이제 솔직히 얘기해도 될 거 같구나."

고모할머니의 얼굴은 비장해보이기까지 했다. 나도 덩달아 긴장이 되었다.

"너희 할머니는 유학까지 다녀온 인텔리였어. 그런데 몸이 약해서 공부를 중단하고 돌아왔단다. 오빠가 공장을 할 때 거래처 사장님의 외동딸이었는데, 오빠가 옥잠언니를 보고 첫눈에 반했던 거야."

사진 속 젊은 할아버지는 어깨가 탄탄하고 눈매가 날카로웠다. 뚝심과 야망이 있어 보이는 인상이었다. 아빠는 할아버지보다는 할머니를 더 닮아보였다.

"오빠가 매일 꽃도 보내고 선물도 보내고 하니까 하루는 사장님이 그러시더란다. 자기 딸이 신병이 있어서 남한테 못 보내고, 자신이 평생 보살펴줘야 된다고."

"신병이요?"

"남들 못 듣는 소릴 듣고, 남들 못 보는 걸 보고, 검사하면 이상 없는데 몸이 아프고……. 무당은 무병이라고 내림굿을 받으라고 했다더라. 그런데 옥잠 언니가 그건 절대 싫다고 했던가봐."

"그럼 할머니가 아픈 걸 알고도 할아버지가 결혼 하신 거네요?"

"그랬지. 그런데 오빠가 집안에 말을 안 해서 아무도 몰랐어. 얼굴이 어둡고 말이 없는 거 말고는 별로 이상한 점도 없었고. 우리야 다들 좋아했지 뭐. 부잣집 딸인데다 마음씨도 곱고……."

힘이 없어서 자주 누워 지냈지만, 아기를 낳기 전까지만 해도 할머니는 괜찮았다고 했다. 그런데 난산을 한 후 몸이 안 좋아진 데다, 얼마 뒤 친정 아버지가 돌아가시자 급성 조현병 증세가 나타났다고 했다.

"옥잠 언니의 아버지가 많은 유산을 딸 앞으로 남겼어. 병원을 지어서 평생 돌봐주게 하라고 하면서. 그래서 오빠가 수크령 골에 넓은 땅을 사들였던 거야. 그때만 해도 골짜기라 땅값도 쌌거든."

병원을 짓는 동안 할머니는 다른 정신병원에 입원해 있었다. 욕조 물속에 가라앉는 아기(아빠)를 멍하니 구경하고 있는 아내를 보고, 놀란 할아버지가 바로 강제입원 시켰다고 했다.

삼 년 뒤 수크령에 지은 새 병원으로 돌아온 옥잠 할머니는 이미 폐인이 되었더라고 했다.

"너희 아빠는 몰랐단다. 자기 엄마가 살아 있다는 걸. 동네 사람들도 옥잠 언니가 죽은 걸로 알고 있었지. 너희 할아버지가 부고까지 냈으니깐……. 그런 걸 보면 오빠가 아주 철저한 사람이었어. 오죽하면 병원에서도 병원장하고 한두 명 빼곤 옥잠 언니가 누군지 몰랐거든."

"그럼 아빠는, 할머니가 살아 계신데 못 만난 거예요?"

"어렸을 때는 내가 가끔 데려가서 만나게 해줬지. 그런데 좀 크니까 눈치가 생기잖아. 유치원 들어가니까 그 아줌마 누구냐고 자꾸 묻더라. 그 후로는 오빠가 못 만나게 하라고 해서 병실엔 안 갔어. 어차피 못 알아보니깐."

"그래도 그건 아니잖아요? 알아보든 못 알아보든 엄만데."

"그렇지. 그런데 그땐 그래야 되는 줄 알았어. 지금은 조현병이라고 하지만 그때는 그냥 미쳤다고들 했거든. 미친년이라고. 자기 엄마가 미쳤다는 걸 알면 어린애가 상처 받을까봐 그것만 겁을 냈어. 새언니보다 내 조카 걱정만 했던 거지. 지금 생각하면 너무너무 미안해. 불쌍하고……. 요즘 같으면 알아보든 못 알아보든 찾아가서 동무해 주고, 머리도 빗겨주고, 맛있는 것도 만들어 주고 할 텐데."

고모할머니는 눈물을 터뜨렸다. 언니, 미안해, 정말 미안해하며 사진 속 옥잠 할머니를 어루만졌다.

할아버지는 새 결혼을 했고 사업도 잘 돼서 정신없이 바빴다. 옥잠할머니는 찾아오는 이 없이 정신병원에서 쓸쓸히 지내다 큰 불이 났을 때 돌아가셨다.

"화재로 몇 사람이 죽고 다친 사람도 많았지. 폐쇄병동이라 못 빠져 나가서……. 그거 수습하다가 이듬해 오빠도 쓰러졌어. 집안 망하는 거 한 순간이더라. 병원에 가둬놓고 한 번도 안 와보던 사람들이 가족이라고 나타나 억대 보상금 내놓으라고 아우성 치고, 거래처들은 거래를 끊고, 새언니는 재산 챙겨서 사라지고……. 세상인심이 그리 무서운 걸 나도 그때 처음 알았다. 오빠도 결국 폐인이 되어서 돌아가시고."

감정이 북받치는지 고모할머니는 또 흐느꼈다.

"제가 차 좀 끓여올게요."

나는 일어서서 주방으로 나갔다. 찻물을 끓이며 온갖 생각과 감정도 찻물처럼 끓어올랐다.

'그래서 동구가 툭하면 귀신 타령을 했던 거구나.'

비가 오거나 안개가 끼는 날이면, 불타서 없어져버린 병원이 희미하게 나타난다고 동구는 떠들어댔다. 건물 안을 오가는 간호사와 환자들이 보이고, 웃음소리와 울음소리를 들은 사람도 많다고 했다. 어디서 납량특집 드라마를 보고 이야기를 지어내느냐며 나는 동구를 면박주곤 했다. 그런데 그런 참담한 사건이 있었다니 귀신이 나타날 법도 했다.

나는 잠시 심호흡을 한 뒤 다기 세트와 국화차를 들고 방으로 돌아갔다. 따뜻한 물을 찻잔에 붓자 마른 꽃송이가 천천히 꽃잎을 열었다. 고모할머니가 몇 모금 차를 마실 동안 기다린 후 내가 물었다.

"그래서 아빠가 할머니 할아버지 얘기를 안 했던 거네요."

"네 아빠도 마음의 상처가 컸지. 자기 엄마 얘기도 나중에 알았으니깐……. 은하를 만나지 않았으면 고향에 평생 돌아오지 않았을 지도 몰라."

대학 때 엄마를 만나 풍물패에도 들어가고, 엄마가 활동하던 조현병 환자 인권 모임에도 가보면서 아빠의 생각은 천천히 바뀌었다고 했다.

"졸업반 때 은하랑 홋카이도에 있는 베델의 집에도 다녀왔지. 그때 우리 식으로 조현병 환자 자립 공동체를 만들어 보자고 둘이서 뜻을 세웠던 거야. 수크령에 할아버지 땅이 그대로 있으니깐."

베델의 집 얘기는 나도 수없이 들었다. 정신병원이나 장애인 시설에서는 조현병 환자가 관리당하며 살아간다. 그런데 베델의 집에서는 관리를 최소한으로 하고, 정신장애인 스스로 장점과 잠재력을 최대한 발휘하는 환경이라고 들었다.

엄마와 아빠는 무소 이모 등 당사자들과 담쟁이풀을 운영하며, 우리 실정에 맞는 조현병 환자 공동체를 만들기 위해 꾸준히 준비를 했다. 캐나다 밴쿠버의 지역생활협회 사례와 베델의 집을 모델로 삼아 연구와 토론을 계속했다.

엄마는 캐나다에도 한 달간 자료 조사를 다녀왔고, 책을 내기 전에 베델의 집 자료를 더 보완하러 갔다가 사고를 당했다. 자동차가 커브에서 절벽으로 추락했다고 했다.

화안읍이 단지 아빠의 고향이어서, 물려받은 땅이 있어서 이곳에 화안한 집을 만든 줄 알았다. 그런데 고모할머니의 이야기를 듣고 나니 모든 게 이곳에서 시작되었음을 깨달았다. 옥잠 할머니가 그 병을 앓지 않았더라면 아빠는 조현병 환자들에게 관심을 갖지 않았을 지도 모른다. 그랬으면 정신장애인들의 삶에 깊은 관심을 가진 엄마를 만나지 못했을 수도 있다. 만났더라도 스쳐갔을 수 있고.

얼마나 많은 우연들 속에서 내가 태어난 것일까? 엄마와 아빠가 내 부모님이 된 것은 우연일까 운명일까. 하은하, 우리 엄마는 왜 조현병 환자들에게 그토록 깊은 관심을 가졌던 것일까.

발 딛고 있던 땅이 갈라지며 지각변동이 일어난 기분이었다. 익숙했던 표면이 무너지고, 감추어진 부분이 솟구쳐 만들어진 낯선 세상에서 나는 잠시 멀미를 느꼈다.

11

살아남는다는 것

풍물연습을 하고 나면 마음뿐 아니라 몸도 가볍다. 몸과 마음에 쌓여있던 찌꺼기와 독소가 북을 치는 동안 소리와 함께 날아가는 것만 같다.

방과 후 학교 풍물반이 끝나자 나는 가벼운 걸음으로 약국에 들렀다. 엄마가 소독약과 진통제 등 몇 가지 상비약을 사오라고 했기 때문이다.

그런데 약국 뒤편 생활체육공원에 중학생들이 보였다. 약국 안으로 들어가려다 나는 주춤했다. 여러 명에게 둘러싸인 덩치 큰 아이는 동구였기 때문이다.

'이든이랑 가스펠 밴드 동아리 애들이잖아?'

그냥 내 볼일만 보고 가야 하나 아는 척 해야 하나 갈등이 일었다.

남의 일에 참견하고 싶지 않았지만 동구가 마음에 걸렸다.

동구와 이든이 싸웠을 때 오소라 선생님은 이든의 말을 고스란히 믿었다. 동구가 자기 동아리를 놔두고 멋대로 딴 데 갔다고 혼을 냈고, 동구를 데려갔다고 나와 수수까지 꾸짖었다. 동구가 동아리를 바꾸고 싶다고 하자, 학교 시스템이 장난인 줄 아느냐고 노발대발했다.

이든의 전화기를 안 봤으면 나도 그 애의 거짓말과 연기에 깜빡 속았을 거다.

'또 무슨 짓을 하려는 거지? 동아리 애들까지 데리고.'

나는 일단 약국에 들어가서 약을 샀다. 나오면서 다시 공원 쪽을 보니 분위기가 심상치 않았다.

아무래도 그냥 가버릴 수는 없어서, 그 애들 쪽으로 걸어갔다.

"송인하, 네가 여기 웬일이야?"

이든이 의외라는 듯 쳐다보았다.

"약국에 왔다가 너희들이 보여서. 난 방과 후 풍물반 연습하고 왔는데 너희들은 밴드 연습한 거야?"

"호연시에 악기 사러 가려고 모였어. 그런데 동구가 돈 갖고 온다고 해놓고 빈손으로 왔잖아. 내일 준다, 모레 준다, 거짓말만 계속하고."

"무슨 돈?"

"내 전동킥보드를 잃어버렸거든. 동구가. 그거 중고 사려고 해도 사오십 만원은 줘야 돼. 근데 내가 쟤 사정 생각해서 이십 만원만 달라고 했어. 그런데 그것도 계속 미루고 안 주잖아. 그걸로 동아리 밴드

앰프랑 마이크 사기로 했는데."

동구의 얼굴이 벌겋게 달아올랐다.

"네 전동킥보드를 잃어버렸어? 사고 난 킥보드 말고?"

"아니 그거. 내가 빌려준 거거든."

"아……. 그럼 그때 너랑 같이 있었던 거야?"

"무슨 소릴 하는 거야? 그냥 내가 빌려준 킥보드였다니깐. 동구가 타던 게. 그때 너도 타봤었잖아. 화안천에서."

이든이 짜증스럽게 말했다.

"사고 나서 좀 망가져도 내가 봐주려고 했거든? 그날 킥보드 잃어버렸다고 해서 그것도 넘어가 주려고 했어. 그런데 엉뚱한 소리까지 하고 다니잖아. 그러니까 더 이상 봐줄 수가 없지."

"뭐야? 이 거짓말쟁이 새끼."

동구가 기어이 이든에게 덤벼들었다. 이든은 예상하고 있었던 듯 가볍게 비키며 옆구리를 발로 걷어찼다. 동구는 바닥을 한 바퀴 구르곤 일어나 멧돼지처럼 또 이든에게 돌진하려고 했다.

"내가 이러려고 주짓수를 배운 건 아니지만, 너 같은 놈은 손을 봐줘야지 안 되겠다."

동구를 메다꽂을 기세로 다가서는 이든을 내가 가로막았다.

"그만해."

"비켜. 너도 다치기 전에."

"나도 때리겠다는 거야?"

나는 이든을 똑바로 바라보았다. 싸우려는 건 아니었다. 싸울 줄도
모르고. 이든의 실력에 때리면 맞는 수밖에 없겠지만 그래도 이건 아
니다 싶었다.

이든은 나를 빤히 바라보더니 뒤로 물러섰다.

"인하 땜에 이번엔 봐준다. 동구 넌 다음 주 수요일까지 돈 꼭 가
져와. 그때도 안 가져오면 가만 안 둬? 가자, 애들아. 일단 내 돈으로
먼저 악기 살게."

앞장 서 걸어가는 이든의 등 뒤에서 동구가 갑자기 소리쳤다.

"홍이든. 오늘도 호연 시까지 네가 운전하냐?"

"무슨 헛소리야?"

이든이 돌아보며 어이없다는 표정을 지었다.

"나 전동킥보드 사고 난 날 너희 아빠 회사차 몰고 갔잖아. 그거 들
킬까봐 사고 났을 때 나랑 같이 있었던 거 비밀로 한 거잖아. 말 안 하
면 전동킥보드값 안 받기로 했고."

"완전 사이코 아냐? 어디서 구라를 치는 거야?"

"아빠 회사 차 키 복사했잖아. 저번에는 어떤 형이랑 자유로까지
갔다 왔다며?"

"진짜 어이없네. 영국하고 한국하고 차도 다르고 운전대 방향도 반
대야. 모든 게 달라서 버스 타기도 힘든데 무슨 운전을 해?"

이든이 웃음을 터뜨렸다. 그러자 다른 애들도 따라 웃었다.

그러나 나는 이사 오던 첫날 도난당했던 교회차량이 바로 떠올

랐다. 가드레일을 들이받는 사고를 내고 달아난 범인이 바로 이든이 었구나 싶었다. 교회에서 슬그머니 신고를 취소한 건, 이든의 짓임을 알게 된 때문 아닐까.

"너 명예훼손으로 경찰에 신고할 거니까 그렇게 알아. 교통사고에 다 허위사실 유포죄까지 더해지면 소년원에 가야 될 걸?"

소년원이라는 말에 동구가 멈칫했다.

"뭐. 진심으로 사과하면 봐 줄 수도 있고."

고양이가 쥐 어르듯 하는 모양새였다. 나는 이든에게 뭐라고 하는 대신 동구에게 말했다.

"동구야, 그만해. 요즘은 곳곳에 CCTV도 있고 차량 블랙박스도 있어서 조사하면 다 나와. 괜한 말로 서로 문제 일으키지 말고 친구끼리 대화로 해결해. 응?"

동구의 전동킥보드 사고 장면이 상가 트럭의 블랙박스에 찍혔듯, 이든이 운전을 했다면 어딘가에 증거가 있을 거였다. 내 말은 이든에게 보내는 경고였다.

이든은 바로 알아들은 듯 동구에게 말했다.

"그래, 동구야. 서로 지킬 것 지키면서 잘 좀 지내보자. 응?"

나에게도 짐짓 부드러운 투로 말했다.

"인하야, 같은 동네 이사 왔으니까 너도 더 친하게 지내자. 너희 형이랑 같이 우리 교회도 나와. 청소년부 좋은 프로그램도 많아. 그렇지, 애들아?"

같이 있던 애들이 고개를 끄덕이거나 맞장구를 쳤다. 갑작스런 형 얘기라니. 재하 형이 조현병 환자임을 알고 있다는 메시지인가. 나는 애써 태연한 표정을 지으며 대답했다.

"그래. 기회 되면."

내가 담담해 보이자 흥미가 없어졌는지, 이든은 아이들을 몰고 사라졌다.

불과 몇 달 전만 해도 형 얘기만 나오면 두려움에 휩싸였던 나였다. 그러나 지금은 속으로 움찔하긴 하지만 남의 시선이 전처럼 신경 쓰이지만은 않는다. 그런 나 자신이 조금은 마음에 들었다.

누군가 전파로 조종한다는 망상이 생긴 이후, 형은 그동안 전자제품을 쓰지 않았다. 그런데 정신병원에 입원한 후 망상이나 환청은 없어졌다고 했다.

형에게 노트북을 다시 사주면 좋겠다는 내 말에 엄마는 펄쩍 뛰었다.

"다시 증상이 나타나면 어쩌라고? 전자파가 몸에 좋지도 않고!"

"요즘 컴퓨터 안 쓰는 사람이 어디 있어요? 일 년이나 인터넷을 안 했으니 형이 얼마나 뒤처졌겠어요. 형도 세상 돌아가는 거 알고 따라가야죠. 하루 종일 심심하기도 하고……. 화영 누나랑 메일도 주고받으면 좋잖아요."

화영 누나란 말에 엄마는 솔깃해졌다. 잠깐 생각해 보더니 내 말이

일리가 있다며 새 노트북을 주문했다. 배송이 오자 내가 기본 프로그램을 세팅해 주었다.

"형, 전에 쓰던 메일 생각 나?"

"다 잊어버렸어."

"나중에 생각나면 찾고 우선 새로 만들어. 아이디 세 개까지 만들 수 있거든."

"아이디?"

형은 아주 기본적인 것도 낯선 단어인 듯 한참 생각하곤 했다.

"약 때문에 뇌세포가 다 파괴된 거 같아. 생각도 안 나고 집중도 안 돼."

"오래 쉬어서 그렇잖아. 우선 게임 같은 거 해 봐."

나는 오목, 테트리스, 정원 꾸미기 같은 단순한 게임을 권했다. 공부하느라 남들 다 하는 게임도 전혀 하지 않았던 형이었다. 그런데 게임을 해보더니 재미있는지 꽤 집중을 했다.

"어휴……."

법관을 꿈꾸었던 형이 유치한 게임에 빠진 모습을 보고 엄마는 눈물을 훔쳤다.

나는 형의 메일주소를 만들어서 비밀번호와 함께 책상 앞에 붙여 주었다. 화영 누나한테 형 메일주소를 문자로 보냈더니 화영 누나가 간단한 안부와 사진 파일들을 형에게 전송했다. 화영 누나는 헤어 디자이너 자격증을 딴 데 이어 메이크업 분장사 자격증을 취득하려고 준비 중이었다. 그래서 메이크업 실습 사진을 형에게 보내주며 의견을 말해달라고 했고, 형은 나름대로 답장을 했다. 그러면서 형은 컴퓨터와 조금씩 친숙해졌다.

밝아진 형의 모습에 고무된 엄마는 휴대폰까지 사주었다.

"화영이랑 메일만 주고받지 말고 가끔 통화도 해. 덜 바쁠 때 집에도 한 번 놀러 오라고 하고."

엄마는 형이 회복되는 게 눈에 보인다며 좋아했다. 그러나 나는 갑자기 형의 기분이 너무 좋아 보이는 게 오히려 마음에 걸렸다.

"형 약 먹고 있는 거 맞죠?"

"그럼. 약 먹는 거 확인하고 나오지."

"형이 퇴원했을 땐 약 먹으면 졸리고 힘들어서 아무 것도 할 수가 없다고 했잖아요. 그런데 요새 형이 너무 많이 깨어 있어요. 새벽에도 잘 안자는 거 같아요."

"병원 옮긴 뒤부터 약 먹고 힘들단 소릴 안 하네. 이번 약이 몸에 잘 맞는 거 같은데? 녹즙이랑 견과류도 열심히 챙겨 먹었더니 효과가 나타나는 것 같아."

엄마는 형의 변화를 긍정적으로 받아들였다.

'내가 너무 예민한가?'

마음 한구석이 개운치 않았지만 곧 털어버렸다. 풍물을 배운 뒤로 생활이 훨씬 즐겁기도 하고 점점 바빠졌기 때문이다. 동아리와 방과후 학교 풍물 뿐 아니라 화안한 집 공연 연습까지 하다 보니 일주일이 눈 깜짝할 새 지나갔다.

공연은 실력자들만 하는 거라고 생각했는데, 막상 가서 보니 당사자들 대부분의 연주 실력이 나보다 나을 것도 없었다. 그래서 공연에 참가하겠다고 대답을 했다.(맙소사. 한 달 배우고 공연이라니!)

어쨌든 내가 공연에 참가해야 그날 엄마와 형을 화안한 집으로 초대할 수 있을 거였다. 형의 컨디션이 요즘처럼 좋다면 불가능한 일은 아니지 싶었다.

다시 토요일이 되었다. 수수와 나는 징검다리 옆에서 만났다. 나란히 자전거를 타고 화안한 집으로 향했다. 화안천 자전거도로를 따라 달리다가 솟대 다리에서 빠져나와, 언덕배기를 얼마쯤 올라가면 수크령 골이 펼쳐졌다.

그런데 화안한 집 입구에 도착하자마자 수수와 내 휴대폰으로 동시에 문자가 왔다. 화안한 집 사정으로 오늘 풍물 연습이 취소되었다는 단체문자였다.

"어, 무슨 일이지? 갑자기."

"그러게."

"아빠한테 물어봐야지."

수수가 전화를 했지만 통화가 되지 않았다. 이번에는 무소 이모에게 전화를 걸었다. 무소 이모는 풍물 팀이 아니지만 화안한 집에 급한 사정이 생겼다면 모를 리 없다고 했다.

"이모, 나야. 응. 사무실에서 연락은 받았지. 근데 갑자기 무슨 일이야? 서울은 왜…… . 뭐? 현우 오빠가? 왜? 아…… ."

수수는 한참 말을 잇지 못했다. 그러더니 통화가 끝난 뒤 말했다.

"현우 오빠가 죽었대."

"물 마시러 가던 그 형?"

"응."

"어쩌다가…… ."

나는 가슴이 쿵 내려앉았다.

저번 주에 연습을 하러 왔을 때, 현우 형은 화장실을 자주 들락날락거려 저절로 눈에 띄었다. 왜소한 체격에 이십대 초반 정도로 보여 재하 형 생각도 났다.

"현우 또 물 마시러 가니? 몇 리터 마셨는지 기록하고 있지?"

"오늘은 3리터 정도 마신 거 같아요."

"예전보다 화장실에 덜 가는 건 확실해."

"북을 치면 환청이 안 들려서 덜 마시게 되는 것 같아요."

사람들과 주고받는 얘기를 들어보니 현우 형에게만 보이는 뭔가가 물을 자꾸 마시라고 시키는 모양이었다. 들락날락 물 마시러 다니는 것만 빼면 현우 형은 평범해 보였다.

"무소 이모가 일단 본관으로 오래. 같이 가보자."

수수가 앞섰다. 그림 전시 팀 교실은 이층에 있었다.

"이모, 우리 왔어."

"응, 그래."

창을 내다보며 담배를 피던 무소 이모가 깡통에 담배를 비벼 껐다.

"어떻게 된 거야, 이모? 현우 오빠 말이야."

"아파트에서 뛰어내렸나 봐. 자세한 얘긴 안 해. 장례도 가족끼리 지낸다고 아무도 오지 말란다. 현우 짐도 그냥 다 버리래. 현우만 불쌍하지. 하필 그런 집에 태어나서."

"현우 오빠 그동안 엄청 좋아졌잖아. 사회복지사 공부도 시작했고. 풍물 연습도 얼마나 재미있게 했는데. 그치, 인하야?"

나는 고개를 끄덕였다. 딱 한 번밖에 못 봤지만 현우 형이 북 치는 걸 무척 좋아한다는 느낌을 받았다. 공연 의상 얘기가 나오자 옷 사이즈와 신발 치수를 알려주며 언제 옷이 오느냐고 물어보기까지 했다. 그랬던 사람이 자살을 했다니 믿기지 않았다.

"조현병 환자를 왜 생존자라고 부르겠니? 일반인들에 비해 그만큼 살기 힘들어서 그래. 남들이 그냥 살아가는 삶을, 조현병 환자들은 죽을 힘을 다해 살아내야 한단 말이지. 그러다 어떤 때 그냥 다 내려놓고 싶어질 때가 있어. 그런 순간이 찾아 와. 그 고비만 넘기고 나면 좋은 날도 있고 감사할 때도 있는데……. 나도 두 번이나 운 좋게 살아났지만, 현우는 너무 쉽게 가버렸네. 가족 행사고 뭐고, 그 놈의 집구석에 현우를 보내는 게 아니었는데."

무소 이모는 창문을 열고 말없이 하늘을 쳐다보았다.

나는 실내를 조심스럽게 둘러보았다. 벽에 그림들이 붙어 있고, 바닥에도 액자들이 벽을 따라 세워져 있었다.

"그림 구경해 볼래?"

수수가 벽 쪽으로 나를 이끌었다.

"개관식 때 전시할 당사자들 그림이야."

그림들 아래 '자화상', '어머니', '행복한 기억', '나의 꿈' 등 제목과 그린 이들의 이름이 붙어 있었다. 초등학생이 그린 것 같은 소박한 그림도 있고 꽤 멋진 그림도 있었다.

특히 뒤쪽 벽에 기대놓은 그림들은 기이하고 환상적이었다. 철창 안에 알몸으로 갇혀 있는 붉은 색 머리카락의 여자, 날아가는 새들 사이에서 추락하고 있는 여자, 분리된 신체들에서 자라난 꽃들, 검은 새 떼에 쫓겨 달아나는 어린 소녀의 맨발에 흐르는 피……, '자서화' 연작 시리즈의 그린이 이름은 '나무소'였다.

"무소 이모 그림이야. 멋지지?"

유심히 들여다보는 나에게 수수가 말했다.

"진짜 잘 그리신다. 그림 전공 하신 거야?"

"아니. 조현병에 걸린 뒤에 배운 거야. 입원했을 때 병원에서."

"진짜?"

나는 놀라서 무소 이모를 쳐다보았다.

"어릴 때부터 그림을 그리고 싶었는데 가난해서 미대는 포기했지. 그런데 조현병 때문에 직장에서 잘리고, 병원에서 그림을 배워 화가가 됐네. 비록 무명화가지만."

"그림은 잘 모르지만 되게 독특하고 신비로운 거 같아요."

"그래?"

나를 가만히 바라보던 무소 이모가 물었다.

"형은 어때? 잘 지내?"

"우리 형이요?"

"혹시 심술궂게 굴거나 그러진 않아?"

나는 얼굴이 붉어졌다. 산책로에서 마주친 순간 무소 이모는 형이 조현병 환자임을 바로 알아챘구나 싶었다. 모든 생각을 꿰뚫어보는 무소 이모의 눈빛 앞에 변명할 마음 따위는 들지 않았다.

"네, 별로……."

"다행이네. 혹시 상담은 받아봤어?"

"상담이요? 형이요?"

"아니 너."

"제가요?"

나는 어리둥절한 눈으로 무소 이모를 쳐다보았다.

"당사자 가족 교육 오래 하다 보니까, 미성년 형제자매의 트라우마가 엄청 크더라. 같이 자란 형이나 오빠가 갑자기 딴 사람으로 변해버리니까 심리적 충격이 큰 거지. 누구한테 말할 데도 없고, 부모는 자기들만 힘든 줄 알고……."

내 마음을 책처럼 읽어내는 무소 이모의 말을 듣다보니 갑자기 울컥 눈시울이 뜨거워졌다.

'왜 이래, 갑자기?'

이를 앙다물며 감정을 누르려 했지만, 삽시간에 차오른 눈물이 흘러내리는 것을 어쩔 수 없었다.

"수수야, 재석 삼촌한테 가서 시원한 아이스티 좀 만들어 놓으라고 해라. 인하랑 금방 내려갈게."

"네."

수수는 재빨리 자리를 피해주었다.

꾹꾹 눌러 가둬놓았던 둑에 구멍이 났는지, 나도 모르게 계속 눈물이 나왔다. 무소 이모는 사물함 위에 놓여 있던 두루마리 휴지를 가져와 잠자코 내밀었다. 휴지로 눈물을 닦고 코를 세게 풀자 조금 진정이 되었다.

"풍물은 재미있어? 수수가 그러는데 소질이 있다던데."

"소질은 모르겠지만 재미있긴 해요."

"난 음악이나 악기 연주엔 젬병이야. 할 줄만 알았으면 진작 풍물을 배웠겠지. 수수 엄마랑 아빠랑 풍물놀이 할 때마다 얼마나 보기 좋고 부럽던지."

"수수 엄마도 연주를 잘 하시나 봐요?"

"잘 했지. 지금은 하늘나라에 있지만."

"예?"

나는 흠칫 놀랐다.

"아직 서로 집안 얘기 나눌 기회가 없었나 보구나. 굳이 호구조사

할 일은 없지. 자연스럽게 알게 될 수도 있는 거고."

수수의 차림새는 수수하지만 늘 말끔했다. 무엇보다 밝고 안정된 성격에, 자기 생각을 분명하게 말하는 태도는 여유롭기조차 했다. 그래서 양식 있는 부모님의 보살핌을 받으며 어려움 없이 자란 줄로만 알았다.

"수수 엄마가 생전에 그러더라. 풍물은 마음의 창이라고. 한바탕 풍물놀이를 하고 나면 묵은 감정의 찌꺼기들이 날아가고 신선한 새 기운이 몸에 가득해진다고 하더구나. 풍물을 시작하고 수수가 훨씬 밝아지는 걸 보니 은하 씨 말이 맞나보다 싶어. 수수 엄마 말이야."

마음의 창. 그 말을 듣고 보니 정말 그런 것 같았다. 그동안 한 번도 느끼지 못했던 감정들을 풍물놀이를 하며 느꼈다. 서로 눈빛과 웃음을 나누고 호흡을 맞춰 한바탕 연주를 하고 나면, 창문을 열어 마음을 환기한 것처럼 기분이 맑고 개운해졌다.

"혹시 형 문제로 물어볼 게 있거나 의논할 일 있으면 언제든지 나한테 전화해."

무소 이모는 명함을 주었다. 정신장애인 인권 활동가/ 그림쟁이 나무소. 그리고 화안한 집과 무소 이모의 휴대폰 번호가 적혀 있었다.

"수수 기다리겠다. 부엉이 카페에 가자."

"부엉이 카페요?"

"아래층에 있어."

무소 이모와 아래층으로 내려가니 일층 귀퉁이에 작은 카페가 있었다. 간판을 비롯하여 실내에도 부엉이 그림과 조각과 문양이 눈에 많이 띄었다. 카페 담당인 재석 삼촌이 부엉이 형상을 보면 마음의 안정이 되기 때문에 아예 부엉이 카페로 특화했다고 이모가 말해주었다.

느리지만 익숙하게 커피를 내리고 차를 만들어 내는 재석 삼촌을 보고 있으니, 형 생각이 많이 났다. 재석 삼촌처럼 뭔가 하고 싶은 일을 느릿느릿 하며 웃으며 살 수 있으면 좋을 것 같았다.

현우 형의 소식이 퍼진 듯 사람들이 밖에서 웅성댔다. 어떻게 된 거냐고 카페 안으로 들어와 무소 이모에게 물어보기도 했다.

"난 그만 집으로 갈게."

수수에게 말했다.

"그럴래? 그럼 나중에 연습 시간 다시 잡히면 알려줄게. 아마 내일 당장은 없을 거야."

"그렇겠지. 그럼 나중에 보자."

나는 자전거를 타고 천천히 달렸다. 곳곳에 매화 산수유 개나리가 피어 이름 그대로 화안한 집이 되어가고 있었다. 천지에 봄기운이 이렇게 가득한 데. 현우 형은 왜 하늘나라로 떠난 것일까. 말 한 마디 따로 해본 적 없었지만 힘차게 북을 치던 형의 얼굴이 떠올라 마음이 아팠다.

집으로 들어가니 엄마가 놀랐다.

"벌써 왔어? 형은?"

"형이요? 형 얘기를 왜 나한테 물어요?"

"형 만난 거 아니었어?"

"나 풍물 연습하러 간 거 알잖아요. 그런데 형을 어떻게 만나요?"

"한 시간 반이면 끝나잖아. 너 연습 끝나는 시간 맞춰서 나갔어. 너랑 만나기로 했다고."

"나랑 만나기로 했대요?"

"그래. 영국 친구 있잖아. 조엘. 그 애가 한국에 왔다며? 걔가 분당에 잠깐 온다고, 너랑 간다고 해서 그런 줄 알았어."

엄마는 놀란 표정으로 어쩔 줄 몰랐다. 조엘이라는 말에 나도 심장이 쿵 떨어지는 것 같았다.

"언제 나갔어요? 나한테 전화로 물어보지 그랬어요?"

나도 모르게 엄마한테 언성을 높였다.

"전화했지. 그런데 안 받더라?"

전화기를 확인하니 부재중 전화와 문자 메시지도 들어와 있었다. 형과 만나면 바로 엄마한테 문자 달라는 내용이었다. 현우 형 때문에 놀란 데다 이동하느라 못 봤던 거였다.

"그래도 그렇지, 어떻게 확인도 안 하고 형 혼자 나가게 놔둘 수가 있어요?"

"화영이가 학원 끝나고 다섯 시 반에 분당 도착한다는 메일도 보여 주더라. 그래서 너희들끼리 다 약속이 된 줄 알았지. 그럼 대체 어떻게 된 거야? 재하가 어딜 간 거야?"

나는 화영 누나한테 전화를 했다. 메이크업 학원 수업 시간이라 그런지 연결이 되지 않았다. 시간 될 때 전화해 달라는 메시지를 남기고, 나는 형의 방으로 뛰어가 노트북을 켰다. 형의 행적에 대한 단서를 찾기 위해서였다.

"어떡하지? 경찰에 실종신고를 할까?"

엄마가 떨리는 목소리로 말했다.

"일단 주변에 찾아보세요. 버스정류장 있는 데까지. 나는 노트북을 살펴볼게요. 조엘 형이랑 어디서 만나기로 했는지 장소가 있을지 몰라요."

"그래. 알았다."

엄마는 허둥지둥 뛰어 내려갔다.

형 노트북을 열고 메일을 살펴보니 화영 누나와 주고받은 메일 외에도 낯선 주소가 두 개 더 있었다.

'누구지, 이 사람들은?'

열어보니 한 명은 세종 시에 살고 있는 중학생이었고, 한 명은 부산에 살고 있는 어떤 아주머니였다. 둘 다 영국 유학에 대해 형한테 질문을 했고, 형은 유학비용이나 준비서류, 학교나 홈스테이 지역 등에 대해 세세한 답변을 해주고 있었다. 그런데 답변 중에 자신은 영국 시민권자이며, 영국 이름은 조엘이라는 문장을 보는 순간 나는 뒤통수를 망치로 맞은 것 같았다.

'어떻게 된 거지? 형이, 언제부터…….'

심장이 쿵쾅거리고 손이 덜덜 떨렸다. 포털 검색 기록을 찾아보니 영국 유학 관련 키워드가 잔뜩 떴고, 심지어 유학 카페에도 가입해 있었다. 형의 닉네임은 역시나 조엘이었고, 영국에서 법대를 다니고 있으며 홈스테이를 운영하는 할머니와 함께 살고 있다고 했다.

카페에서 형은 영국 특히 런던 지역에 대해 잘 알고 있는 해박한 법대생이었고, 많은 사람의 질문에 척척 대답을 해주고 있었다. 포털 사이트를 통해 검색한 정보들이겠지만, 형은 조엘이라는 인물로 완벽히 변신하여 친절한 안내를 해주고 있었다.

'약을 먹었으면 망상이 없을 텐데……. 약을 안 먹은 거 아니야?'

나는 형의 책상서랍이며 옷장이며 침대 밑이며 구석구석 뒤졌다. 침대 밑에 알약이 한 개, 화장실 변기 뒤쪽에도 한 알이 떨어져 있었다. 약을 먹는 척 몰래 감췄다가 화장실 변기에 내려버린 게 분명했다. 안 그랬으면 알약이 따로 떨어져 있을 까닭이 없었다. 엄마는 확인을 했다고 하지만, 형이 속이려 했다면 먹은 척 해보일 방법은 얼마든지 있었을 거다.

'형을 빨리 찾아야 해. 어디로 갔을까?'

다섯 시 반에 분당 서현역에서 화영 누나를 만나기로 한 메일은 확인했으니, 그 시간에 그쪽으로 가 보면 형이 나타날 지도 몰랐다. 그러나 다섯 시 반까지는 아직 두 시간이나 남았다. 그동안 형이 어디서 무엇을 할지 걱정되었다. 세상을 떠나버린 현우 형의 얼굴이 눈앞에 어른거리면서 걱정은 두려움으로 변했다.

"분명 노트북에 뭐가 있을 텐데……."

유학 카페의 게시글에 달린 형의 답글을 확인하다 보니 채팅 방이 눈에 들어왔다. 혹시나 해서 채팅 방을 클릭하여 열어보니, 몇 시간 전에 주고받은 대화가 있었다. '트레블러'라는 닉네임의 자퇴생과 일주일 전부터 영국 여행에 대해 대화를 주고받기 시작하여, 사흘 전에는 홈스테이 예약비용까지 형의 예금계좌로 받은 것을 발견했다. 무려 삼십 만원이었다.

"남의 돈까지 받다니."

다시 가슴이 철렁했다.

그런데 세 시간 전에 트레블러가 형에게 갑자기 만나자고 했다. 형이 5시 30분에 약속이 있다고 하자, 그러면 4시 30분에 같은 장소에서 만나자고 다시 제안했다. 자기는 친구도 없고 의논할 사람도 없는데, 조엘 형과 너무 마음이 잘 통한다며 꼭 만나고 싶다고 했다. 그러자 형도 좋다고 했다.

'여기로 가면 되겠구나!'

나는 엄마한테 전화를 하여 상황을 설명했다

"재하가 혼자 거길 찾아갔을까? 길도 잘 못 찾던 앤데."

"그땐 독한 약을 먹다가 바로 퇴원해서 그랬구요. 지금 형이 약 안 먹은 지 꽤 된 거 같아요. 현실감이랑 망상이랑 뒤섞여서 두뇌 활동이 엄청 활발한 거 같아요. 사람들이랑 영어 대화도 막 하구요, 되게 어려운 단어 같은 거도 많이 썼어요."

"내가 약 먹는 거 분명히 봤는데."

"그게 중요한 게 아니고, 빨리 형 찾으러 가야 돼요."

"알았다. 지금 바로 가자. 차 키 갖고 내려 와."

얼마 있지 않아 엄마가 허겁지겁 달려왔다. 앞치마를 입고 신발은 짝짝이를 신은 채였다.

"혹시 주위에 형 보이나 잘 살펴 봐."

"알았어요. 내가 살펴볼 테니 엄만 빨리 달려요. 네 시 반이면 삼십 분 밖에 안 남았잖아요. 형이 버스를 제대로 탔으면 지금쯤 서현역에 거의 도착했을 거예요."

엄마는 입을 꾹 다물고 악셀러레이터를 밟았고, 나는 눈을 부릅뜬 채 사방을 살폈다.

제발 아무 일이 없기를. 약속 장소에서 우리 형을 무사히 다시 만날 수 있기를. 마음속으로 빌고 빌었다.

차를 근처 유료주차장에 세워놓고 엄마와 나는 전철역을 향해 달렸다. 약속장소인 시계탑에 도착했을 때, 다행히 형이 거기 있었다! 그런데 어떤 아저씨한테 사정없이 뺨을 얻어맞고 있었다.

"뭐, 영국 시민권자? 킹스 컬리지 런던 법대생? 새파란 놈의 새끼가 어디서 사기를 치고 다녀! 그것도 아직 어린 애를 속여서 돈을 뜯어?"

아저씨는 욕을 하며 계속 형을 때렸다. 엄마 눈에 불꽃이 튀었다. 단거리 육상 선수보다 더 빨리 달려가, 다시 팔을 치켜드는 그 아저씨의 허리를 붙잡고 늘어졌다.

"죄송합니다. 정말 죄송해요. 저 애 엄마예요. 돈은 제가 다 돌려드릴게요. 용서하세요."

"뭐야. 당신이 엄마야? 애 새끼 교육을 대체 어떻게 한 거야? 인터넷으로 사기나 치고 말이야!"

아저씨는 삿대질을 하며 큰소리를 쳤다. 엄마는 구십도로 허리를 조아리고 용서를 빌었다.

"정말 죄송해요. 아이가 좀 아파서 그래요. 제가 애 찾느라 미처 지갑을 못 가져왔는데, 계좌번호 알려주시면 바로 입금해 드리겠습니다."

화장기 없는 얼굴에 허름한 옷을 입고, 신발까지 짝짝이로 신은 채 연신 고개를 숙이는 엄마를 보고 주위 사람들이 쯧쯧 혀를 찼다.

"그만 하고 보내주시죠. 아파서 그런 거라니 이해 하시우."

"그래요. 같이 자식 키우는 부모인데……."

둘러 선 사람들이 한 마디씩 하자, 아저씨도 좀 머쓱해져선 진정했다.

"거 전화번호나 주슈. 계좌번호 찍어줄 테니 오늘 중으로 입금 시켜요."

"예. 그러겠습니다. 정말 죄송합니다."

서로 전화번호를 확인하고 엄마는 형을 데리고 세워둔 우리 차로 갔다. 형의 양쪽 뺨에 선명하게 남은 붉은 손자국을 어루만지며, 차 안에서 엄마는 흐느껴 울었다.

그러나 나는 형을 무사히 찾은 게 기뻤고, 형이 현우 형처럼 사라지지 않고 내 곁에 있다는 게 기뻤다. 그래서 형의 손을 잡고 눈을 맞추며 웃었다. 그런데 눈에선 눈물이 흘렀다.

12

에필로그

- 수수 이야기

은하센터 개관식을 앞두고 풍물 팀 대기실 안은 분주했다.

"아이구, 괜찮아. 남자가 무슨 화장을 해."

"무대 오를 때는 남자고 여자고 메이크업을 하는 거예요. 잠깐만 그대로 계세요."

미용고등학교에 다니는 화영 언니와 친구들이 쑥스러워하는 당사자들을 붙잡고 화장을 해주었다. 화영 언니는 인하 형의 친구인데, 풍물공연을 하니 구경 오라고 인하가 연락을 했다고 했다. 그러자 메이크업 자격증을 준비하고 있던 언니와 친구 두 명이, 실습할 기회라며 메이크업 키트를 들고 나타난 거였다.

당사자들의 공연복 착용은 용규 아저씨와 풍물패 친구들이 와서 도와주었다. 민복에 조끼를 입는 기본 차림 정도야 혼자 할 수 있었지만, 삼색 띠는 혼자 맬 수 없기에 누군가 뒤에서 묶어줘야만 한다.

나와 인하의 삼색 띠는 덕산 오빠가 매주었다.

"뒤쪽에 리본처럼 띠를 풍성하게 펴줘야 보기가 좋아. 빨강 파랑 노랑 색깔이 다 잘 보이도록 하나씩 잘 펼쳐줘야 해."

강산도 어깨띠가 흘러내리지 않게 옷핀으로 고정해주고, 고깔의 꽃술을 일일이 펴서 꽃송이가 커다래지도록 손질했다.

"자, 이제 시간 됐습니다. 악기 매고 밖으로 나갑시다. 이십 분 정도 선반을 하면서 떠들썩하게 알리고, 다시 이쪽으로 와서 식전 공연 준비에 들어갑니다. 지금까지 연습한 대로만 하면 되니까 마음 편하게 즐겁게 놉시다. 아셨죠?"

아빠가 대기실 안을 들여다보며 말했다. 아빠는 풍물팀뿐 아니라 전체 총괄 지휘를 해야 했기 때문에 여기저기 뛰어 다니느라 바빴다.

우리는 각자 악기를 매고 고깔을 쓰고 은하센터 앞에 모였다.

구도사 아저씨가 개개갱 쇠를 두드리며 말했다.

"풍물굿을 시작하기 전에 하늘나라에 있는 조현우 군과, 편견과 차별 속에서 투병하다 먼저 세상을 떠난 당사자들의 명복을 빌며 잠깐 묵념을 하겠습니다. 일동 묵념!"

나는 눈을 감은 채 현우 오빠와 엄마와 옥잠 할머니를 생각했다. 세 사람이 미소를 띠며 우리 곁에 서 있는 것만 같았다.

잠시 후 한바탕 풍물굿이 펼쳐졌다. 꽹과리, 징, 장구, 북소리에 용규 아저씨가 부는 날라리 소리까지 수크령 골에 높이 울려 퍼졌다. 상쇠가 앞장서고 그 뒤를 상북과 상장구가 뒤따랐다. 장단에 맞춰 무릎을 굴신굴신 하며 걷다보니 오래전 엄마와 함께 뛰놀던 그 순간이 몸으로 느껴졌다.

"지금 화안한 집에서는 은하센터 개관식을 앞두고 풍물놀이가 시작되었는데요, 특히 화안중학교 풍물동아리 '얼쑤!'가 함께 공연을 하고 있어 더욱 뜻깊은 것 같습니다. 동아리 부장인 3학년 이덕산 학생과 2학년 송인하, 은수수 학생, 그리고 1학년 이강산 학생이 그 주인공입니다. 그러면 잠깐 구경을 해보시겠습니다."

VJ 역할을 맡은 민서가 멘트를 마치자, 동구는 찍고 있던 비디오카메라를 풍물굿판으로 향했다. 도덕 교과 모둠 과제의 주제를 <나와 타인- 벽 허물기>로 정하고, 화안한 집 이모저모를 소개하는 UCC를 만들기로 했다. 인하가 발표 주제를 제안했고 내가 적극 찬성을 했다. 조현병 환자들 무섭다고 민서가 꺼렸지만, 많은 손님들이 모이는 개관식 행사를 촬영하면 된다고 설득하는데 성공했다. 동구는 민서와 둘이 인터뷰와 촬영을 맡으라고 하자 좋아서 그저 싱글벙글 이었다.

"학생들 연주 솜씨가 대단하네요."

"그렇지요? 화안중학교 풍물패랍니다."

구경꾼들 틈에서 빙그레 웃고 있는 고모할머니가 보였다.

그 뒤편으로 이든의 아버지 홍사장과 외삼촌인 목사도 우리를 유심히 바라보고 있었다. 얼핏 인자해 보이는 미소를 띠고 있었지만, 안경알 때문인지 눈빛이 차가워보였다. 안수기도 치료를 한다고 이든을 때려서 지난 주말에 이틀 동안 입원 했다는 말을 들어서 그렇게 보였는지 모른다.

"이든이 또 지네 엄마 차를 끌고 나가다가 외삼촌한테 걸렸대. 영국에서도 사고 내서 학교에서 쫓겨났다던데?"

비밀을 꼭 지키라며 동구가 해준 말이었다. 어떻게 알게 된 정보인지는 묻지 않았다. 낮말은 새가 듣고 밤말은 쥐가 듣는다는 속담이 이유 없이 생기진 않았을 테니까.

"얼씨구 좋다, 호이, 호이!"

갑자기 풍물패 한복판으로 당사자 한 명이 뛰어들어 막춤을 추었다. 그 바람에 동그랗게 감아가던 달팽이진이 엉망이 되어버렸다. 그러나 당황하거나 얼굴 찌푸리는 사람은 없었다. 풍물패도 구경꾼도 다들 웃는 얼굴이었다.

'이게 바로 화안한 집이지!'

나도 웃으며 힘차게 동살풀이 장단을 쳤다.

덩더덩 덩더덩 덩더덩더 덩더덩……

– 인하 이야기

덕산, 강산 형제는 물 만난 고기 같았다. 사뿐사뿐 걷다가 빙글빙글 돌기도 하며 분위기를 돋웠다. 수수도 풍물 공연을 열 번은 해 본 사람 같았다. 감실감실 웃는 얼굴에 여유가 넘쳤다. 하지만 나는 장단에 맞춰 걷는 것도 어색하고, 걸으며 북을 치는 건 더 어려웠다.

어찌어찌 선반 공연이 끝나고 다시 대기실로 모였다. 개관식 시간이 코앞인데 아직 엄마와 형은 보이지 않았다.

"누나, 우리 형 못 봤어요?"

"응. 아직 못 봤는데. 금방 오겠지 뭐. 가만있어 봐, 인하야. 실내 메이크업 다시 하자. 누나가 꽃미남 아이돌로 만들어 줄 테니 잠깐만 있어."

나는 애가 타는데 화영 누나는 태평스럽기만 했다. 메이크업 키트를 열고 현란한 솜씨로 내 얼굴에 창의적 예술혼을 불태웠다. 누나의 친구들도 수수와 덕산, 강산 형제를 실험대상으로 삼아 분장 실습에 바빴다.

"풍물패 들어갈 준비합시다."

용규 아저씨가 앉은반 공연 신호를 알렸다. 징, 쇠, 북, 장구의 순서로 줄지어 섰다. 나는 강산의 뒤만 따라가면 되었다.

그런데 갑자기 구도사 아저씨가 푹 주저앉더니 숨을 몰아쉬기 시작했다. 강당을 빽빽하게 채운 사람들을 보더니 갑자기 긴장되었는지 과호흡이 온 거였다.

의료진이 대기하고 있던 앰뷸런스로 구도사 아저씨는 바로 옮겨졌다.

"구도사, 걱정 말고 푹 쉬어요."

"우리가 알아서 잘 할게요, 아저씨."

어른들은 물론이고 수수와 덕산 강산 형제도 당황하지 않았다. 아까 선반을 할 때도 갑자기 난입한 당사자를 보고 웃기만 하더니, 숨을 제대로 못쉬는 응급환자가 생겨도 별로 놀라지 않았다. 화안한 집에서는 이런 일들이 심심찮게 발생하나 보았다.

덕산 형이 상쇠를 맡고, 용규 아저씨가 즉석에서 부쇠를 맡았다. 앞줄에

는 당사자들과 화안중학교 풍물 동아리가 앉고, 뒷줄에는 어울마당 풍물
패 어른들이 당사자 사이사이에 앉아주었다. 그러니까 무대가 꽉 차고 의
지가 되었다.

갱갱 갱갱 개개개개갱.

배운 대로 먼저 관중들에게 인사를 하고, 점고로 시작하여 마당삼채 육
채 별달거리 휘몰이로 나아갔다. 당사자들 수준에 맞춘 공연이라 유치원
생이 치는 것처럼 느렸지만, 왕초보인 나한테는 그것도 벅차기만 했다.

무슨 정신으로 했는지 얼떨떨한 가운데 금세 공연이 끝났다. 우레 같은
박수를 받으며 무대에서 내려오니 꿈을 꾸고 있는 기분이었다.

"인하야, 여기!"

복도 바깥에서 화영 누나가 손을 흔들었다. 엄마와 형이 함께 있었다. 나
는 반가워서 달려갔다.

"우리 아들은 어디 가고 웬 연예인이 있네?"

"인하야. 잘했어."

엄마와 형은 공연을 봤다며 칭찬을 했다.

"셋이 서 보세요. 사진 찍어드릴게요."

화영 누나가 시키는 대로 함께 사진을 찍었다.

"형. 누나랑 나랑 사진하나 찍어 줘. 여기 네모 안에 들어오면 셔터 누르
는 거 알지?"

나는 일부러 형에게 촬영을 부탁했다. 형은 세상 진지한 표정으로 사진
을 찍어주었다. 서로 번갈아 촬영을 해주고 있는데 강당 안에서 요란한 박

수 소리가 들려왔다.

"우리도 안에 들어가 보자, 재하야."

화영 누나가 수다스럽게 말하며 재하 형의 팔을 잡아당겼다.

"들어가 봐요, 엄마."

나도 엄마의 등을 떠밀었다. 얼마나 기다렸던 순간인가. 나는 가슴이 떨렸다.

강당 안 뒤쪽 빈자리에 앉아 무대를 보았다. 테이프커팅에 이어 읍장님의 축하 인사가 끝난 모양이었다. 운영자 대표인 수수 아빠가 PPT로 화안한집 소개를 했다. 달나라집, 별나라집, 옛 본관과 새로 지은 은하센터를 차례로 보여주며, 어떤 구조로 되어 있고 어떤 일들을 하고 있는지 설명했다.

"제가 대표를 맡고 있지만 화안한 집에서 실질적으로 모든 일은 당사자들이 회의를 통해서 결정합니다. 그래서 일반 사회처럼 무슨 일이 빨리빨리 진행되는 건 없어요. 하지만 우리는 우리 식대로 잘 해나가고 있다고 생각합니다. 그렇지 않나요?"

수수 아빠가 웃으며 묻자, 당사자들이 웃으며 대답하거나 손뼉을 치기도 했다.

"당사자들이 화안한 집에서 어떻게 생활하고 있는지 가족들이 궁금해하실 것 같아 영상으로 준비해 봤습니다."

잔잔한 음악과 함께 화면에는 화안한 집의 일상이 펼쳐졌다. 자기 방을 정리하고 청소하는 모습, 도우미들과 함께 식당에서 식사 준비를 하고 밥을 먹는 장면, 당사자 연구며 각종 회의를 하고 있는 표정들이 편안해 보였다. 화안한 농장에서 채소를 수확하고 로컬푸드 매장에 실어가는 광경, 카페에서 빵과 과자를 굽고 커피를 내리는 풍경, 지역 업체에서 납품 받은 포장 일을 하고 임금을 지급받고 즐거워하는 모습에서는 활력과 보람이 느껴졌다.

물론 한없이 굼뜬 행동과 연발하는 실수들이 일반인들이 보기엔 답답하기만 할 것이다. 그러나 화안한 집의 시간은 다르게 흘러가는 느낌을 받았다. 쉽고 단순한 포장 일을 아주 오래 걸려서 완성하는 사람도, 아무 것도 하지 않고 웅크린 채 가만히 앉아 있는 사람도 편안해 보였다.

"…… 우리 사회에 조현병에 대한 부정적 이미지가 너무 커서 많이들 힘드시죠? 내가 무슨 죄를 지었나, 내가 뭘 크게 잘못했나 생각하시는 부모님도 많은데, 절대 그런 생각 하지 마세요. 인슐린 분비 이상으로 당뇨병이 생기고, 교감신경이나 다른 체액적 요인으로 고혈압이 생기지 않습니까? 그것처럼 도파민 같은 뇌의 신경물질 분비 이상으로 조현병 증세가 나타나는 겁니다. 즉, 당뇨나 고혈압처럼 누구라도 걸릴 수 있는 병이라는 거죠. 물론 조현병 원인이 다 밝혀진 건 아니지만 지금까지 알려진 바로는 그렇다고 해요. 제 말이 맞지요, 최 박사님?"

수수 아빠가 앞줄에 앉은 안경 쓴 남자를 쳐다보자, 남자가 고개를 크게 끄덕여 보였다.

"다른 지병처럼 조현병도 꾸준히 관리하며 살아가야 하는 병일뿐입니다. 약을 복용하거나 스스로 컨디션을 조절하며 사회생활을 잘 하고 있는 당사자도 대단히 많습니다. 여기 있는 강노라 씨만 해도 대학에서 강의를 하고 있고, 나무소 씨는 화가로 인권운동가로 활발히 활동하고 있습니다. 그러나 조현병 환자마다 증세도 다르고 경중도 다릅니다. 그래서 화안한 집에서는 누구처럼 되라든가 무엇이 되라는 말은 금기입니다. 조현병이 있지만 더 인간답고 행복하게 살아가자는 게 우리의 꿈이자 지향점이거든요. 모든 사람은 있는 그대로 존중받고 사랑받아야 한다는 게 화안한 집의 모토입니다."

요란한 박수가 끊이지 않았다. 나는 형을 슬쩍 쳐다보았다. 큰 눈을 더크게 뜨고 뚫어져라 앞쪽을 바라보고 있었다. 엄마는 눈물이 터진 것 같았다. 소맷자락으로 연신 눈시울을 닦고 있었다.

간단한 개관식이 끝나자 손님들은 자유롭게 흩어져서 구경을 했다. 로비에 전시된 그림도 감상하고, 화안한 농장 팀이 재배하고 판매하는 채소며 녹즙 호박즙 등도 구입하고, 부엉이 카페에서 식사를 하고 차를 마셨다.

"식사 메뉴는 김밥, 비빔밥, 김치볶음밥 뿐이네. 우동이 있으면 좋을 텐데…… 우동은 내가 잘 만들 수 있는데, 여기 취직시켜 달라고 해볼까? 조현병 환자가 아니라서 자격이 없으려나?"

당사자들이 느릿느릿 갖다 준 김밥을 먹다가 엄마가 농담을 했다.

"엄마 우동 진짜 맛있었어요."

형이 불쑥 대꾸했다.

"정말?"

"그럼요. 친구들도 다 맛있다고 했어요. 골목 우동."

골목 우동은 후인동 시절 엄마가 했던 우동집 이름이었다. 엄마의 얼굴에 환한 미소가 떠올랐다.

개개개갱 개개개갱…… 바깥에서 꽹과리 소리가 들려오더니, 곧 북소리 장구 소리가 이어졌다. 풍물패와 구경꾼이 어우러진 한바탕 놀이마당이 펼쳐진 모양이었다.

"인하야, 여기 있었구나?"

조금 뒤 수수가 부엉이 카페로 뛰어와 나를 찾았다.

"풍물패 다 모이래. 어서 가자."

"알았어."

나는 날아갈 듯 가볍게 수수와 함께 달렸다.

엄마와 형과 화영 누나도 주섬주섬 짐을 챙겨 우리 뒤를 따라왔다.

사방에 꽃들이 흐드러지게 핀 화안한 봄날이었다. (*)